胸さわぎのマリオネット

JN227676

Story by SHINOBU MIZUSHIMA
水島 忍
Illustration by TSUBASA MYOHJIN
明神 翼

カバー・本文イラスト　明神　翼

CONTENTS

胸さわぎのマリオネット

どうして、こんなことになったんだろう。

オレ——山篠由也《やましのゆうや》は鷹野裕司《たかのゆうじ》先輩の背中にしがみつきながら、繰り返しそう思っていた。

夜の闇の中、オレ達を乗せてバイクは疾走《しっそう》する。

九月とはいえ、夜は風が冷たい。半袖のシャツに裕司先輩の薄手のブルゾンを借りて羽織《はお》っていたけど、それでも少し寒い。

オレは先輩の腹に回した手にちょっとだけ力を込めて、なるべく身体を先輩の背中にくっつけようとした。

寒いからじゃない。先輩から離れたくなかったからだ。

オレは高校二年。そして、裕司先輩は同じ高校の三年だ。

オレ達二人の通う天堂《てんどう》高校は男子校で、伝統的に男同士のカップルが多いところだと言う。でも、だからって、オレはまさか自分に男の恋人ができるとは、以前は思いもしなかった。

だけど、半年ほど前に裕司先輩に出会って……。

恋をしたんだ。

そして、今、二人は周囲からも恋人と認められている。もちろん、それが世間の基準と照らし合わせてみて、間違ってることはよく判っている。だけど、どうしても止められない気持ちというのはあるんだ。

先輩に出会って、オレはそれを知った。

なのに……。

いっそのこと、出会わなければよかったと、今のオレは思ってるんだ。

そうしたら、先輩を好きにならなかった。そして、恋する感情と一緒に、嫉妬《しっと》する醜《みにく》い気持ちや人を好きになる苦しさがあることを知らないでいられたのに。

だいたい先輩は格好よすぎるよ。

身長は百九十近くはあるかもしれない。筋肉質だけど、それほどゴツい身体でもなく、引き締まった身体つきをしている。

見た目には少し怖い。笑ってないときなど明らかに怖そうに見える。オレは慣れているけど、一年生の中には先輩を怖がっている奴もいるって聞いたことがある。

でも、顔立ちは整ってるし、笑うと瞳が少し優しげになるんだ。

そして、天堂高校の生徒会長……だった。今は新しい生徒会に引き継《つ》ぎの途中《とちゅう》だけどね。以前はバスケ部員だったというスポーツマンなところと、頑固《がんこ》なまでの自分のポリシーを追求する男らしさでもって、下級生からは絶大な支持を得ている。

それに引き換え、オレは女顔で、身長も低めだ。いや、女顔くらいならいい。人によっては美人顔などと言われてるらしいんだ。

だいたい、オレは美人でも女でもないんだよ。

じゃあ、他に取り柄《え》があるのかと言われると、何もない。もちろん、女顔や美人顔が取り柄だなんて思ってないが、実際、他にこれといって特徴《とくちょう》もないんだ。

性格は素直じゃない。小さいことを気にしてしまうし、しかも嫉妬深い奴だ。欠点だらけで、一体、どこが先輩と釣り合うと言うんだろうね。まったく釣り合わないどころか、先輩がオレを好きだと言ってくれること自体が、奇跡かもしくは冗談か、それでなければ何かの間違いじゃないかと思うくらいだ。

そうだ。先輩だって、オレに出会わなければ、もっと可愛い子や性格のいい子と巡《めぐ》りあえたかもしれない。それどころか、本当の女の子やどこかの美人との出会いがあったかもしれない。

男子校である天堂高校では無理でも、予備校とかで。あるいは、大学でも……。先輩なら絶対に女の子にもモテるに決まっている。こんなに格好いいんだから。

それなのに、男の自分と付き合ってるせいで、鷹野はそういう出会いを全部無にしているのかもしれない。

だから出会わなければよかったと思うのだ。鷹野も自分も、幸せでいられたかもしれないわけだから。

いや、それは頭で考えた理屈しかもしれない。

本当は……。

オレは苦しくてたまらなくて、逃げ出したいんだ。

先輩を好きすぎて、どうしようもない自分から。

先輩の温《ぬく》もりを手放したくないと思うと同時に、同じ強さで、先輩から離れたいと思ってる。だけど、先輩はオレにとっては大きすぎる存在で、オレは先輩なしでは生きられなくなってきてしまった。

どうしたらいいんだろう。

どうしたら……オレは苦しくなくなるんだろう。

好きなのに。こんなに好きなのに。

でも、離れたいんだ。

街の灯りが暗い景色と共に流れていく。

本当なら、嬉しいはずの二人きりの世界だ。先輩の後ろはオレのものだと思ってきたし、これからもずっとそうだと思っていた。

なのに、オレの今の心は真っ黒だ。嫉妬とか、いろんなものに塗《ぬ》り潰《つぶ》されて。

オレはメットの中で唇を噛み締める。

こんな自分は嫌だ。いつも真っ白のままでいたいのに。そういう人間のほうが先輩にはふさわしいよ。こんなオレなんか全然ふさわしくないんだ。

雨が降り出してきたみたいだ。オレの家まで送ってもらって、それから先輩が家に帰り着くまで降ってほしくなかったのに。

ここで手を離したら、どうなるんだろうな。

先輩は怒るだろう。ちゃんとしっかり掴まってろって。

オレは手を徐々《じょじょ》に緩《ゆる》めていった。オレの胸と先輩の背中の間に隙間が開いて、先輩が何か言った。

何て言ったんだろう。手を離すなって言ってるのかな。

「先輩……」

オレは先輩に何を言ってるのって訊《き》こうとした。

でも、そのままオレはそれを続けることができなかった。

急ブレーキの音がして、強い光がバイクを包む。

何？　トラック？

バイクが滑《すべ》るように傾いていって……。

急いで先輩に掴まろうとしたけど、遅かった。オレの身体は先輩から離されていって、強い衝撃を受けた。

先輩……。

先輩は……。

オレが最後に見たのは、反対車線から飛び込んできたトラックと、変な方向を向いて止まった車と、横倒しになったバイクだった。

「由也ーっ！」

そして。

Arai
HELMET

誰かが急いで駆け寄ってくる足音がした。


目を開けると、そこはベッドの上だった。

でも、家のベッドじゃない。だって、ここはオレの部屋じゃないから。

病院みたいだ……。

どうしてオレがこんなところにいるんだろう。別に病気をした覚えもないのに。

左手を動かすと、ちょっと痛みが走る。見ると、白い包帯が巻かれていた。他にあちこち痛いところがあったけど、我慢できないほどの痛みじゃなかった。

ベッドの傍《そば》で母さんが椅子《いす》に座っている。だけど、ベッドに突っ伏して寝ているみたいだった。

しかも、何故かオレの右手なんか握っていた。

もしかして、オレ、怪我《けが》か何かして、ここに運び込まれたのかな。

窓から日がちょっと差し込んでいて、どうやら朝か昼のようだ。でも、何があって、オレがこんなところにいるのかなんて、全然覚えてないよ。

母さんがちょっと身動きした。寒くはないけど、こんなところでこんなふうに寝てるのって、よくないよな。一応、母さんだって女なんだし。

オレは右手でそっと母さんの手を引っ張った。

「母さん、風邪ひくよ」

声をかけると、母さんはハッとしたように顔を上げた。

「由也！　気がついたの？」

気がついたのって、それはこっちのセリフだよと思ったけど、きっとオレは何かで怪我して、母さんに心配かけたんだろうな。

母さんの目から涙が出てるし。

「大げさだなあ。何泣いてるんだよ。父さんに怒られるぞ」

いや、泣いたら父さんに怒られるのは、オレだけど。上に姉が二人もいて、オレは初めて生まれた男というわけで、父さんにはめちゃくちゃ厳しく育てられてきたんだ。

「何言ってるのよ。丸一日以上、ずっと寝てたくせに」

「えっ、そんなに？」

改めて、母さんには本当に心配かけたんだなあって思った。そりゃあ、オレが目を開けてたら、感動のあまり涙も出るよ。大げさだなんて言って悪かった。

「オレ、怪我したの？」

「怪我くらいするわよ。居眠り運転のトラックが飛び込んできたのを覚えてないの？　先輩がそれを避《よ》けようとしたんだけど、バイクを倒してしまって、あんたは振り落とされたのよ。まったく、あんたがちゃんと先輩に掴まってないから、こんなことになるんだからね！」

母さんは涙を目に溜《た》めながらも、ポンポンとオレに文句を言う。

これこそ、いつもの母さんだけど、オレにはちょっと引っかかることがあった。

「バイクって？　先輩って誰？」

母さんは怪訝《けげん》な顔をした。

「あんたが親しくしてもらってる先輩でしょ。『鷹野先輩のところに行ってくる』っていつも言ってるじゃない。あんたは先輩のバイクの後ろに乗せてもらってるときに事故に遭《あ》ったの」

「オレ、そんな先輩なんて知らないよ。誰だよ、鷹野先輩ってさ」

「えっ……」

母さんの顔はたちまち驚いた表情に変わった。

「だって、あんた、いつも……」

母さんは言葉を途切《とぎ》れさせたかと思うと、急に立ち上がった。

「ちょっと待ってなさい。すぐ先生を呼んでくるから。いーい？　絶対寝ちゃダメよっ」

そう言って、母さんは慌《あわ》てたように病室を出ていった。

絶対寝ちゃダメって、今起きたばっかりなのにさ。

そう思ったが、丸一日も寝ていたなら、そう言いたくなる気持ちも判る。それにしても、何を慌ててたんだろうな。それに、変なこと口走ってたし。

先輩って誰なんだよ。オレは部活もしてないし、先輩に知り合いなんていないんだ。母さん、オレを看病してるうちに、変な夢でも見たんじゃないかな。

そんなことを考えているうちに、母さんは戻ってきた。お医者さんと若い看護婦さんと一緒に。

お医者さんはオレの父さんくらいの年齢の人かな。眼鏡をかけた落ち着いた雰囲気の人で、妙に慌ててる母さんとは対照的だった。

「由也くん、意識が戻ったんだね。気分はどう？　頭は痛くない？」

お医者さんはニコニコしながら、オレにそう話し掛けてきた。

「気分はいいです。頭は痛くないけど、寝起きのせいか、ちょっとボンヤリしてるかな。あとは、左手とか、あちこち痛いところがあります」

「そうだね。でも、打撲と擦り傷だけだから、すぐに治るよ。それより、君、事故のことは覚えてる？」

「オレ、やっぱり事故に遭ったんですか？　さっきも母さんがバイクがどうとかって言ってたけど、オレ、バイクに乗った覚えなんかないんですよ」

ホントに事故に遭ったなら、オレがその事故のショックとやらでそのことを忘れちゃったのかな。でも、先輩ってのは何なんだ。オレ、その鷹野先輩とかいう人と知り合いだったのか。

「事故の前の記憶は全然ない？　どこまで覚えてる？」

「えーと……」

オレはどこか霞《かすみ》のかかったような頭で考えてみた。

「何かよく覚えてないんですけど、確か、予餞会《よせんかい》で劇の練習してたんですよ。オレ、ジュリエットの役で……」

「予餞会って……。今、何月だと思ってるのよ、由也。あんたがジュリエットやったのは二月でしょう？」

母さんが横から心配そうに言った。

「だって、今は二月だろ？　丸一日寝てただけなんだったら、二月のはずだよ」

母さんとお医者さんは顔を見合わせた。

母さんはショックを受けたみたいに何も言わなかった。お医者さんは妙にニコニコした顔でオレに話し掛けた。

「由也君。驚かないで聞いてほしいけど、今は九月なんだよ」

「えっ……」

オレは驚いて、お医者さんの顔を凝視した。驚くなって言われてもムリだよ。

これじゃ、何かのドラマみたいじゃないか。オレが知らない間に七ヵ月も過ぎてるなんて、そんなことあるのか。

でも、そういえば、オレ、半袖のパジャマ着てるし。

「先生…っ！　やっぱり頭を打ったショックで由也は変になったんでしょうか？」

母さんが取りすがるようにお医者さんに訊いた。

本人を前にして、変になったって言わないでほしい。いや、過ぎたはずの七ヵ月間のことをオレが知らないって言うなら、変になったって言われても仕方ないのかもしれないけどさ。

「専門の先生に診《み》てもらわないとはっきり判らないですが……ここしばらくの記憶がなくなってるのかもしれませんね」

なるほど。記憶喪失か。……って、納得してる場合じゃないか。

七ヵ月間だけっていうのも変だけど、何もかも忘れてしまって、「ここはどこ、私は誰」状態じゃなくてよかったかもしれない。もちろん、忘れてる分には不便はあるだろうけど。

「まあ、すぐに思い出しますよ、お母さん。何もかも忘れているわけじゃないし、意識はちゃんと取り戻したわけですから、気を落とさずに」

母さんを励《はげ》ますためか、お医者さんはほがらかな笑顔でそう言った。

「そういえば、廊下にいる彼、呼んできましょうか？　もしかしたら、何か思い出すかもしれないですよ」

看護婦さんが急に思いついたように言った。

「鷹野君、まだいてくれたんですか？　でも、由也は彼のことも全然覚えてないみたいなんですよ」

母さんは困った顔をして言った。

鷹野君って……オレをバイクの後ろに乗せたっていう先輩のことか。まるっきり覚えてないのに会うのも何だか気が乗らない。いや、覚えてないからこそ、会ったら思い出すかもしれないわけか。

「あの、その人のこと、知らないけど、一応会います」

オレがそう言うと、看護婦さんは頷《うなず》いた。

「それがいいわ。彼はずっと廊下で君の意識が戻るのを待ってたんだから。夜は帰ってもらったけど、今朝も早くから病院の前で待ってたのよ」

その人、もしかしたら、オレをバイクに乗せた責任とか感じてるのかもしれないな。どんなふうに親しかったか知らないけど、きっと責任感の強い人なんじゃないかな。

だったら、なおさら会わなきゃいけないだろう。オレ、記憶なくしちゃったみたいだけど、元気だからって言ってあげなくちゃ。

「記憶のことは私から彼に説明しておくよ。ああ、専門の先生も手配しなくちゃいけないいな」

お医者さんはそう言って、母さんとオレに挨拶《あいさつ》をして、看護婦さんと病室を出ていった。

母さんは気が抜けたように椅子に座った。

「大丈夫？　母さん？」

オレが思わず声をかけると、母さんは呆《あき》れたような目でオレを見た。

「大丈夫って私が訊きたいわよ」

「いや、オレは大丈夫だから。よく判んないけど、七ヵ月くらい記憶がなくったって平気だよ。ちゃんと母さんのことは判るわけだし」

「泣かせることを言ってくれるじゃないの」

母さんはやっと笑顔を見せて、オレの頭をゲンコツで叩《たた》く真似《まね》をした。

「でも、そうね。『ここはどこ、私は誰』状態じゃないわけだし」

母さんはオレが思ってたこととまったく同じことを言った。

さすが親子だよ。

オレは一人で笑いだして、そのまま止まらなくなってしまった。

「何よ、ここは笑うところじゃないでしょ」

「そうだけど……」

なおも笑い続けていると、ドアがノックされて開いた。

さっきの看護婦さんだ。そして、後ろに背の高い男がいた。

目が合ってしまった。

何か怖い顔してるな。男前だけどさ。しかし、この人がオレの親しかった先輩なわけ？　全然覚えがないなあ。

よく見ると、青ざめた顔をしている。もしかしたら、ずっと廊下にいて気分が悪くなったとか。

そういえば、この人、オレと同じバイクに乗ってたんだよな。ということは、実はどこかに怪我してるんじゃないのかな。

「鷹野君、ずっと廊下にいてくれたのね。ありがとう。ほら、そんなところにいないで、こっちにいらっしゃい」

母さんは椅子から立ち上がって、彼を招《まね》いた。

「由也……」

彼はベッドの傍まで来ると、いきなり床に崩れ落ちるように腰を落とした。

えっ、マジで気分が悪いんじゃ……。

「由也、すまなかった」

彼はそう言って、オレの右手を両手で握った。

「あの……」

オレはいきなり手を握られてビックリだよ。だって、アクションがオーバーっていうかね。まるで恋人に許しを請《こ》うみたいな謝り方じゃないか。

床に跪《ひざまず》いて手を握ってさ。これで手の甲《こう》にキスでもしたら完璧だね。もちろん、そんなことしないだろうし、オレもされたくないけどさ。

「オレ、元気だから。あんたも気にしなくていいよ」

「由也、先輩に『あんた』はないでしょ」

母さんに注意されて、オレは舌を出した。

「えーと、鷹野先輩……？　で、いいかな？」

「ああ」

鷹野先輩は少し淋《さみ》しげに微笑んだ。

笑うと、そんなに怖くはないな。それにしても、ちょっと淋しそうに見えるのは、オレが記憶をなくしたことがやっぱりショックだからなのかな。まあ、オレも友達に自分のことを忘れられたらショックだよな。

「ま、だから、気にしなくていいよ、先輩。そのうち思い出すかもしれないし、だいたい、事故って、酔っ払いのトラックが悪いんだろ？　先輩のせいじゃないよ」

「俺があのとき由也をバイクに乗せてなければ事故に遭わずに済んだんだ」

いや、そんなに一方的に責任を感じられてもさ。

「オレ、そのときのこと覚えてないけど、オレが乗った時点でオレの責任だよ。それに、トラックがいきなりこっちの進行方向に飛び込んできたんだろ。それで、かすり傷しかないなら、先輩はバイクの運転が上手いんだよ」

オレが一生懸命になってそう言うと、先輩はようやく納得したように頷いた。

「ありがとう。由也に許してもらえて嬉しい」

いや、だから、オレは許したわけじゃなくて、責任はそっちにないよって説明してるだけなんだけど。

でも、相手はなかなか頑固そうだから、オレがいくらそう言っても、説得されてくれなさそうだった。

まあ、いいや。とりあえず、これ以上、責任がどうのって言われなければさ。

「鷹野君、椅子に座ったら？　私は看護婦さんとお話があるから、二人で何か話してて」

母さんはそう言って、看護婦さんと一緒に病室を出ていった。

そんなあ。オレはこの人のことをあまり知らないのに、二人きりにされても話が続かないよ。

そう思ったけど、先輩が改めて椅子に腰かけたから、オレも仕方なく母さんに言われたとおりに、何か話すことにしてみた。

「先輩のほうは怪我してない？　顔色ちょっと悪いけど」

「かすり傷だけだ。だが、由也の記憶がなくなったと聞いて……」

「ああ、心配してくれたんだ？　そういや、ずっと廊下にいてくれたってね」

「俺にはそれしかできなかったからな。さっき、おまえのお母さんが慌てた様子で病室を出ていったから、まさか由也の身に何かあったのかと思って、ドキドキした」

廊下に先輩がいるのも気づかず、母さんは通り過ぎていったんだ。考えたら、ナースコールでもすれば、自分が行かなくてもよかっただろうに、相当、慌ててたんだろうな。

「まさか記憶なくしてたなんて思わなかっただろ？」

オレは笑って言ったけど、先輩は笑わなかった。スッとオレの額《ひたい》に手を当てて、オレをじっと見つめるんだ。

何だろう。よく判らないけど、先輩、すごく切なげな目をしてるよ。

オレを可哀相《かわいそう》に思ってるのかな。それとも、また責任を感じてるとか。

何だか変だな。居心地悪くてさ。緊張してるのかもしれないけど、鼓動がちょっと速くなっちゃってさ。

「おまえの記憶が早く戻るように……」

「ああ……そうだね。オレ、二月で記憶が途切れてるらしくてさ。予餞会で劇の練習してたのは覚えてるんだけど」

先輩は途端に悲しげな顔つきになった。

「俺はおまえがジュリエットの格好して校内をウロウロしてたときに出会ったんだ」

「ああ、そうなんだ……」

ひょっとして、オレ、先輩と出会う前までの記憶しかないわけ？　何ていうか、それじゃ、あまりにも露骨《ろこつ》じゃないか。先輩のことなんか覚えていたくないから忘れちゃったー、みたいな。

いや、そういう理由で記憶がなくなったんじゃないだろうけどさ。たぶんオレは頭か何かを打ったんだよ。メット越しの衝撃で、外傷がなくても脳が頭蓋骨《ずがいこつ》の中でグラグラッと揺れたとか。

とはいえ、先輩の表情を見てると、すごく申し訳ない気持ちになってきてしまった。

「あの、ごめんなさい」

「何を謝るんだ？」

先輩驚いたような顔をしていた。

「いや、先輩のこと、忘れちゃって」

「それこそ、それはおまえのせいじゃない」

ま、確かにそうなんだけどさ。

「じゃ、さっきのとおあいこということで」

オレは努めて明るくそう言うと、笑った。すると、先輩もオレに釣られたように微笑んだ。

あ、こういう笑い方すると、すごく優しそうに見えるんだな。最初見たときは、何か怒ってるのかと思ったくらい怖い顔だって思ったけど、そうじゃなくて、オレのこと心配して、あんな顔になってたのかもしれない。

それに、この人、けっこう威圧感があるんだよ。いや、別に威張《いば》ってるわけじゃなくて、眼の光が普通の人より強いみたいだ。男らしくて意志が強そうだなって思う。

しかし、オレがこういうタイプの人と親しかったっていうのは驚きだ。オレの友達って言ったら、演劇部の岡田《おかだ》だろ。それから、幼馴染《おさななじ》みの泰明《やすあき》だろ。二人とも、一般人って感じで、こんな特殊なオーラなんか発してないよ。

「ねえ、オレと先輩って、どういう付き合いだったわけ？」

オレがそう訊くと、先輩は一瞬、何か迷うような目つきをした。

「どういうと言われても……普通の付き合いだ」

「普通のねえ。何かピンと来ないんだよね。母さんの話だと、何かオレ、しょっちゅう、先輩の家に遊びにいってたみたいだし。オレと先輩、そんなに親しかったんだ？」

先輩は頷いた。けど、どこか目つきがさっきと違うんだよ。上手く説明できないけど、不思議な表情でオレをじっと見つめていた。

変なの。オレのほうまで、先輩の顔をじっと見つめてたりして。

先輩は口を開いて、ゆっくりと話し始めた。

「由也と最初に会ったとき、おまえはドレス姿で上級生に追いかけられていた。それで俺はおまえを生徒会室に匿《かくま》って助けたんだ」

「生徒会室？　あ、もしかして、先輩って生徒会長じゃない？　鷹野ナントカって名前だったし、確か怖い顔した人だって聞いたことあるよ」

先輩はそれを聞いて苦笑した。

「鷹野裕司だ。今は元生徒会長だが」

あ、そうか。今は九月だったんだな。何となく自分だけ未来に来ちゃった気分だよ。もしくは、オレが七ヵ月後のオレと入れ替わったみたいだ。

「だけど、なんでオレ、上級生に追いかけられてたんだろう？」

「そいつはドレス姿のおまえに一目惚《ひとめぼ》れしたみたいだった」

「ゲーッ。何それ」

うちの高校にそういう奴がたくさんいることは知ってるし、カップルもたくさんいるってことは知ってるけど、オレはそういう趣味は全然ないからね。そりゃあ、そんな奴に追いかけられて、そのときのオレは必死で逃げてたはずだ。うん。確かに想像できるよ。

「それで、先輩がそいつを撃退してくれたんだ？」

「そうなんだが、けっこうそいつがしつこい奴で、何度もおまえに言い寄ってきて、困らせていた。今はそいつもすっかり落ち着いてるが、その頃はいろいろあったらしいな」

自分のことを話されてるはずなのに、なんだか知らない奴の話を聞いてるみたいだ。だって、オレはそのときのことも、そんな上級生のことも知らないんだ。

「そういや、予餞会の劇はどうなったんだろう。演出やってた友達の演劇部での地位がそれで決まるんだよ」

「成功だった。みんなに受けていた。ただ、おまえは足首を捻《ひね》っていたから、俺が保健室に連れていった。それから、おまえがよく俺の教室に来るようになって、話したり、校外でも会うようになったんだ」

「ふーん。なるほど」

なるほどと言ったものの、オレはやっぱり自分がそういうタイプの人とどうして付き合うようになったのか、よく判らない。どう考えても、強面《こわもて》の生徒会長と女顔とか言われてるオレじゃ、友人として釣り合わない気がするし。

だけど、しつこい上級生から助けてくれたり、保健室に連れていってもらったりして、けっこう頼りになるから、懐《なつ》いてしまったのかもしれないな。

いや、よく判らないけど、たぶん。

「何か少しでも思い出すことはないか？」

先輩はオレを心配そうに見つめてそう言った。

「えっ、いや、別にないけど。……でも、ひょっとしたら学校に行ったら思い出すかも」

落胆したような表情をされるから、オレは慌ててフォローする。

「そうだな。そんなに急《せ》かしても思い出すはずがないのに、すまなかった」

「先輩はやっぱり責任感じてるから、そういうふうに言いたくなるんだよね。なんとなく気持ちは判るから謝らなくていいよ」

「いや……。そうじゃなくて……」

先輩は言葉を途切れさせると、じっとオレの顔を見つめた。

なんだろう。そんなふうに見つめられると照れるのに。まるで恋人みたいに熱い眼差しで見つめてくるし。いや、そんなの、オレの勘違いなんだろうけどさ。

「わがままかもしれないが、俺のことを早く思い出してほしいと思ったんだ。そう言っても、そんなに都合《つごう》よくいかないことは判っているが」

「そ…そうだよね。オレ、なんか露骨に先輩との出会いから忘れちゃってるもんね。じゃあ、思い出すときは、なるべく先輩のことから思い出すようにするよ」

もちろん、それこそ、そんなに都合よくいかないだろうけど、先輩があんまり真剣な表情をしてるから、思わずそう言ってしまった。

先輩はふっと微笑んだ。

ああ、こういうときの表情は優しそうでいいな。

最初は怖そうな顔でとっつきにくい人かと思っていたけど、こうして話してると、なんだかもっといろいろ話したくなってくる。

意外と、こんな感じでオレと先輩はずっと仲良くやっていたのかもしれないね。

「先輩ってさ、モテるよね？」

「……いや、それほどでもない」

「そうかな。モテそうなのに。特にうちの学校なんか、男同士でもけっこうカップルって多いし、下級生からコクハクなんかされない？　先輩、有名だしさ」

天堂高校には鷹野ヒーロー伝説というのがあって、それは確か先輩がバスケ部にいた一年の頃の話だったと思う。バスケ部に下級生いじめをする嫌な先輩がいて、鷹野先輩は同級生を庇《かば》って抵抗したんだって。暴力じゃなくて、正々堂々とさ。それが語り継がれて、正義の人みたいに伝説になったんだ。

「あ、それとも、先輩、男同士のナントカってやつは嫌いなほう？　オレもああいうのはちょっと苦手でさあ」

「いや……俺は別に嫌いじゃない。だが、恋人以外の誰かに好きだと言われても、俺には関係ないから」

「あ、恋人いるんだ？　なんだ」

オレがしょっちゅう先輩のところに遊びにいってたって聞いたから、てっきり先輩には恋人なんかいないんだって思い込んでいたよ。

「そうだよね。先輩、カッコいいし、恋人くらいいても当たり前か」

オレは自分の勘違いを笑ってごまかした。

「あ、もしかして、恋人って男？　もしかしてオレ、悪いこと言っちゃったかな」

先輩はふっと笑った。

「いや、いい。由也がそう言うのは判る気がするから。だが、俺の恋人は男でも、可愛いぞ」

「ふーん。ま、いつか会わせてよ。その人、オレのこと知ってる？」

「ああ、よく知ってるはずだ」

「オレ、いつも先輩の家とかに遊びにいってたって、母さんが言ってたんだけど、もしかして、オレって、二人の邪魔してたんじゃない？　記憶にないけど、ごめん」

オレがそう言うと、先輩は明るい声で笑い出した。

「えっ、何？」

なんでそんなに笑われるんだろうな。オレ、そんなにおかしいことを言ったかなあ。

「すまん、つい。あんまりおかしかったものだから。病室で不謹慎《ふきんしん》だったな」

「いや、個室だし別に不謹慎だとは思わないけどさ。先輩の笑いのツボだったわけ？」

「まあ、そうだ」

先輩はまだおかしそうにしている。

「先輩ってさ、笑ってたほうがいいよ。笑ってないと、怖いから」

オレの言葉に、先輩はふと目を瞠《みは》った。

「えっ、どうかした？」

「初めて会ったとき、由也が同じことを言ったんだ」

ということは、オレと先輩は最初から出会い直してるってところかな。

「なら、記憶が戻らなくても、先輩とオレ、上手くやっていけそうじゃん」

先輩は一瞬、複雑な顔をしたけど、すぐに笑ってくれた。

「そうだな」

それから、二人でいろいろ話をしているうちに、母さんと看護婦さんが戻ってきた。

「由也くん、専門の先生に診てもらうことになったから、もう少ししたら診察室に行きましょうね」

看護婦さんが優しい声で言ってくれる。

「ねえ、オレ、いつまで病院にいればいいの？」

「そうねえ、先生に聞いてみましょう。怪我は大したことないから、そんなに長く入院することもないと思うわよ。病院は嫌い？」

「そうじゃないけど、早く学校に行きたいんだ。クラスの奴らにも会いたいし」

オレがそう答えると、母さんは困ったような顔をした。

「でも、もうクラス違うのよ。二年になってるから」

「あ、そうか」

それは忘れていた。どうしても、ジュリエットの練習していたときから、七ヵ月も経《た》ってるんだって言われても、感覚的に納得できてないんだよな。

先輩がオレの肩をポンと叩く。

「大丈夫だ。すぐに慣れる」

ホントにそうなのかなって気がしたけど、先輩が力強くそう言ってくれるなら、そうかもしれない。

「じゃあ、俺は帰る。また明日来るから」

「あ、先輩も忙しいだろうから、そんなに気を遣わなくていいよ。オレ、元気だし」

先輩は優しく笑うと、オレの肩から手を離した。

「おまえこそ気を遣うな。俺は来たいから来るんだ」

先輩はそう言って、母さんと看護婦さんに会釈をして、病室を出ていった。

翌日。オレは早朝から病院の中庭を散歩していた。

というのは、ベッドで寝てばっかりいて、すっかり退屈していたからだ。

オレの記憶について、専門の先生は一時的なものでそのうち戻るだろうと言っていた。やっぱり頭を打ったショックだとか、事故のショックが原因だろうということで、脳自体がどうこうというわけじゃないから、心配ないということらしい。

とはいえ、不便は不便だろうな。クラスは違うわけだし、友達関係なんかも違うわけだ。

他に、記憶のメカニズムについて、いろいろ説明されたけど、判ったような判らないような……って感じだ。

ともあれ、オレは今日、退院して、明日から学校に通うことになっている。これで先輩の心配も少しは軽くなるかな。事故は先輩のせいじゃないんだけど、責任感の強そうな先輩は、オレがいつまでも入院していたら、いろいろ気にするだろうしね。

先輩は三年のはずだから、オレの入院なんかで煩《わずら》わせたら、やっぱり悪いと思うじゃん。

オレは中庭だけじゃなくて、外庭へと出てみた。

あれっ、誰かいるよ。半袖のTシャツにジャージを着た男だ。歳は大学生くらいかな。たった今、走ってきましたって感じでストレッチしている。

背が高くてスポーツマン体型。顔はけっこういい男だね。病院の関係者なのかな。まさか、オレと同じ入院患者ってことはないだろうけど。

その男は身体をねじる運動をしたときに、オレが近くでボーッと眺めていたのに気がついたようだった。

「おはよう！」

男はオレに張りのある声をかけてきた。

「あ……おはよう」

オレはペコンと頭を下げた。いや、一応、オレより年上みたいだったからさ。

「ここに入院してるんだ？　そんな格好で寒くない？」

半袖のパジャマ姿のオレは、そんなに寒そうに見えるんだろうか。

「あんたも同じような格好してるじゃん」

「俺は走ってきたところだからね。暑いくらいだけど、朝早いと寒いかなって思ったんだ」

男はほがらかに笑うと、オレのほうにやってきた。

そして、オレをじろじろと見るんだ。

「えーと、男だよな？」

「女顔で悪かったね」

コンプレックスを刺激されて、思わずそう言ってしまう。

「ごめん。悪気はなかったんだ。一応、確かめておこうと思っただけで」

本当に悪気はなさそうだけど、なんていうか、デリカシーがないとも言えるかもしれない。もしオレがもっと繊細な性格をしていて、傷ついたらどうするんだよ。って、別にそんなことでいちいち傷つくような弱い性格はしてないから、いいんだけどさ。

「ま、いいけど。あんたは入院患者じゃないよな？」

「こんな元気な患者もいないだろうね。俺はここの裏のほうに住んでるんだ。院長の息子ってやつでさ」

「ああ、なるほど。先生にちょっと似てるよ」

「そうかな。親父よりは男前だと思ってるんだけど」

彼がそう言って、明るく笑ったから、オレも釣られて笑ってしまう。

「俺は上崎義典《かみざきよしのり》。医者を目指して勉強中の大学生ってところかな」

「オレは山篠由也。高校一年……じゃなくて二年らしいよ」

自分のことに『らしい』とつけるのも変だけど、オレの意識は一年生のままだからしょうがないんだ。

「ああ、もしかしてバイク事故で記憶喪失になった子だろ？　で、天堂高校の生徒」

何でそんなことを知ってるんだろう。オレは不思議に思ってしまった。

「俺が天堂高校出身だから、親父からそういう子がいるって教えてもらったんだよ」

「あ、そうなんだ。じゃあ、先輩なわけだ？」

「いや、今更《いまさら》、先輩と呼ばれるのもアレだから、義典さんとかでいいよ」

「じゃ、義典サン。ここで何してんの？　運動部とかに入ってて、その自主トレ？」

「いや、入ってないから、体力増進のための自主トレかな」

体力増進のため？　何か変なのと思いつつ、オレの心の隅《すみ》に何かが引っかかった。

誰か同じようなこと言ってなかったかな。体力増進のためにナントカってさ。

もちろん、義典さんとは初対面みたいだから、この人の言ったことじゃないだろうけど。きっと
オレが知ってる誰かが言ったんだよね。

「どうかした？　具合悪い？」

義典さんはオレの顔を覗き込んで訊いてきた。

「何か思い出しそうな気がしただけ。思い出せなかったけど」

「そうか……。ま、そのうちきっと思い出せるから、あんまり落ち込まないほうがいいぞ」

「落ち込んでないよ。オレ、そんなに暗い性格してないし、それに今日、退院するんだ」

「えっ、もう退院するんだ？」

義典さんは残念そうな顔をした。

「普通、退院するって言ったら、おめでとうって言うんじゃないの？」

「そうだけど、明日もここで自主トレやってたら、君に会えるかなあって思ってたからさ。何だ、
今日だけかあ。せっかく名前も教え合って、仲良くなれたと思ったのにさ」

やけに残念そうに言うから、オレは笑ってしまった。

「まるでナンパみたい。オレ、こんな顔してても、ちゃんとした男だよ」

「別に疑っちゃいないが、一人で黙々と自主トレするより、誰かがいると楽しいじゃないか。同じ高校の在学者と出身者という運命の出会いってやつかなって思ったのに」

運命の出会いなんて、オーバーだな。そんなに一人で自主トレするのが嫌なんだろうか。

「残念だったね。でも、運命の出会いならまた会えるよ、なんてね」

オレは冗談を口にして、笑った。

義典さんも爽《さわ》やかに笑って、オレのほうに手を差し出した。

「えっ、何？」

「握手。これからもよろしくって」

「変なの。まあ、よく判んないけど、よろしく」

オレは義典さんと握手して、それから、しばらく義典さんが自主トレするのに付き合っていた。

義典さんが気持ちよさげに身体を動かしてるのを見ると、オレも運動したくなったけど、さすがにパジャマじゃね。

仕方ないから、義典さんがストレッチしてるのを横で見てたりして。

「俺、今年、卒業したばかりなんだ。知らないかな。生徒会長してたんだけど」

「あ、前の生徒会長だね。そういえば、なんか聞いた覚えあるよ。伝説の人だって」

鷹野先輩も伝説があるけど、それよりもっと強烈な人だったたって聞いたことがある。めちゃくちゃ頭がキレる人で、学校内で起こった難事件をいくつも解決したなんて噂があった。

いや、本当のことかどうかは、よく知らないけどさ。有名だったのは確かだよ。だから、生徒会長を継ぐのは、別の伝説を持つ鷹野先輩しかないって言われてたんだ。

「伝説って、天堂高校の生徒は好きだよね。そんなふうに人を位置づけするのがさ。なんていうか、ノリがいいって言うのかな。男ばっかりなのに、けっこう噂好きだしさ」

そういえばそうだ。さすがに難事件を解決したと言われる義典さんは分析するのも上手いんだなあと思った。オレはそんなこと考えたこともなかったからね。

「男同士で付き合ったりするのも、あれはノリなのかな」

「ノリだよな。やっぱり。あの狭い世界にだけ、そういうものが存在してるんだよ。別に寮生活してるわけじゃないし、一歩学校を出れば、いくらだって女はいるのにねえ」

今は女が周りにいくらでもいる状況の義典さんはそう言った。

「義典さんは大学に入って女の子と付き合ったりしてる？」

「とりあえず今はフリーだな。だから、君に運命の出会いだなんて、ほざいてるわけだ」

「なるほど。じゃ、義典さんと遊んでも、恋人に気兼ねなんかいらないわけだね」

オレが何気なく言った言葉に義典さんは身体の動きを止めて、こっちを向いた。

「俺に遊んでほしい？」

「あ、いや、そうじゃなくて。記憶にないんだけど、オレ、恋人のいる人のところにいつも押しかけて遊んでもらってたらしいから。さぞかし邪魔だったろうなって思ったんだ」

「そうか……。まあ、でも、君なら可愛いし、恋人がいたとしても、それとは別に傍にいたら楽しいかもしれない」

「そんなペットじゃあるまいし」

顔が可愛けりゃいいってもんじゃないだろう。それに、ペットとのひと時より、恋人との二人きりの時間のほうが大事なんじゃないだろうか。

ペットも恋人もいないオレには、よく判んないけどさ。

「じゃあさ。恋人のいる奴の家に押しかけるより、俺と遊ぼうか。車持ってるから、遠出できるよ」

急に義典さんがウキウキしたようにオレに話しかけてきた。

「うわ。車持ってるんだ？　すげー。さすが院長の息子じゃん」

「その代わり、家の用事で運転手代わりにこき使われたりするけどね」

義典さんは明るく笑った。

「今日の午前中に退院？」

「午前中はもう一回、診察受けるんだ。記憶のほうのね。で、午後に退院」

「じゃ、後で病室に行くよ。携帯の番号とか教えとくし、君も連絡先教えて」

ということは、遊ぼうというのは、どうも冗談じゃなかったらしい。まるで、これじゃナンパだよね。

まあ、相手は大学生だし、天堂高校の風習にどっぷり浸《つ》かってるわけでもなさそうだから、あんまり深い意味はないんだと思う。それこそ、オレの顔がちょっと可愛いから、ペット代わりに遊ぼうというんだろう。

ま、それもいいかもね。鷹野先輩の恋路を邪魔するよりは。

鷹野先輩はオレが記憶をなくしたことについて、すごく責任感じてるみたいだから、オレが元気に他の人と遊んでるところを見たら、ホッとして、恋人とも遊べるんじゃないかな。

「うん。じゃ、待ってるよ」

オレは義典さんにそう返事した。

午前中の診察が午後にずれ込んでしまって、結局、退院は時間が遅くなってしまった。でも、鷹野先輩が来るって言ってたから、ちょうどよかったかもしれない。たぶん学校が終わって来るつもりだったんだろうからね。

一人で荷物（といっても、別に大したものもないんだけど）をまとめていると、病室のドアがノックされた。

先輩、かな。

母さんは時間がずれたせいで、買い物に行ってしまっていた。いや、また来るはずなんだけどね。

「はい、どうぞー」

荷物をバッグに押し込みながら返事をすると、ドアが開いた。

「おっ、そろそろ退院って感じ？」

そう言って現れたのは、義典さんだった。さすがに今の時間はジャージじゃなかった。でも、朝から晩まで運動してるわけじゃないから、当たり前か。

「ナースに退院時間は今頃だって聞いてたけど、ちょうどよかったな」

義典さんはオレにいきなり紙切れを突き出した。

「何？」

「俺の携帯番号。好きなときに電話して」

「あ、本気だったんだ？」

「嘘だと思ってたわけ？　傷つくなあ」

義典さんは大げさに嘆くふりをした。

「あれから来なかったから、気まぐれで言っただけなのかって思ったんだよ。大学生の義典さんからすれば、オレなんてガキみたいなもんだろうしさ」

「俺は嘘はつかないし、冗談や気まぐれや社交辞令で遊びにいこうなんて言わないんだよ」

義典さんはそう言って、胸を張る。

「さすがに伝説の人って言われただけあるよね」

「そうか？　伝説って言われるほど、大したことをした覚えはないんだけどね」

義典さんは少し照れながら、尻ポケットから小さな手帳を差し出した。

「で、君の連絡先を書いてよ。住所もね。できれば地図まで書いてくれると嬉しいけど。だいたいでいいから」

どうやら、強引にでもオレをドライブか何かに誘いたいらしい。オレは笑いたくなるのを堪《こら》えて差し出された手帳を手に取った。

ベッドに腰かけて、住所を書いていると、横に義典さんが座り、手元を覗き込んでくる。

「可愛い字を書くなあ」

「ヘタなんだから、あんまりじろじろ見るなよ」

オレはそう言いながら、なんだか前にも似たようなことがあったような気がした。

ふと手を止めて、それがいつだったのか思い出そうとする。

「どうした？」

「えっ……。前にもこんなことがあったなあって……」

「誰かにこうして自分の住所を書いたことがある？」

「よく判らないけど……やっぱり思い出せないや」

オレは諦《あきら》めて住所とＴＥＬ番号と簡単な地図を書いた。

「携帯は持ってないの？」

思う。

「持ってないよ。……いや、たぶんね。七ヵ月前は持ってなかった」

今のオレが携帯持ってるかって言ったら、なんか持ってない気がするんだけどね。うちの父親が長電話する奴は嫌いなんだよ。携帯なんか……って感じの人だから、オレが持ってるはずがないと思う。

「こんな感じで判る？」

オレは手帳を返して、義典さんに訊いた。

「うん。大丈夫だ。今度、電話するよ。デートの日取りを決めよう」

「デート？」

目を丸くして訊き返すと、義典さんは明るい声で笑った。

「いや、そういうノリもいいかなって思ったんだ。心配しなくていいよ。変なことしないから」

「別にオレはそんなこと思ってないよ」

わざわざ変なことしないって言われると、まるでオレが義典さんを疑ってるみたいじゃないか。

「じゃ、決まりだね。デートしよ」

ただのドライブがいつの間にかデートになっている。こんな調子で、気がついたら、義典さんのペースにずっと乗せられっぱなしになりそうだな。

そういうところも、さすが伝説の人って感じだよ。

鷹野先輩とは一味も二味も違うみたいだけど。いや、どっちがどうだってわけじゃないよ。でも、同じ伝説の人と呼ばれながら、ずいぶん違うんだなって思っただけだ。

再びドアがノックされる。

「はーい。どうぞ」

オレはベッドに腰かけたまま言った。

今度は鷹野先輩だった。先輩はなんと小さいながらも花束なんか持っていた。

「先輩、オレ、もう退院するんだけど」

「そうなのか。それはおめでとう」

先輩はお見舞いの花を退院祝いにちゃっかり変えたらしい。ま、どっちだっていいけどね。オレは花束を受け取って、お礼を言った。

「よう、鷹野じゃないか。久しぶりだな。おまえ、この子と知り合いだったのか？」

義典さんは腰かけていたベッドから立ち上がって、先輩に声をかけた。先輩はまさか前生徒会長である義典さんがこんなところにいるとは思わなかったんだろう。ビックリしたように義典さんを凝視した。

「上崎先輩、どうしてここに」

「ここ、親父の病院なんだ。この子とは今朝知り合ったばかりだけど。でも、驚いたよ、おまえがまさかこの子と知り合いなんてさ」

「知り合いというか……。由也は俺のバイクの後ろに乗っていたんです。それで事故を起こして……」

「ああ、おまえなのか。トラックに突っ込まれたのに、かすり傷しか負わなかったって化け物みたいな奴」

義典さんは笑って、先輩の肩を叩いた。

「いえ、ぶつかったわけじゃないですから」

そう言った先輩の後ろの開いたドアから、ちょこんと背の小さな可愛い顔をした男の子が顔を出した。なんだか不安そうな表情をして。

制服が天堂のだから、同じ学校の生徒だよな。子供みたいな顔してるけどさ。でも、馴染みのある顔じゃないが、どこかで見たことあるぞ。確か同じ学年の……。

「あ、羽岡明良《はねおかあきら》だ」

オレが思わずそう言うと、彼は急に嬉しそうな顔になる。

「由也、オレのこと、判るんだ?」

「隣のクラスだったよな?」

「今は同じクラスなんだよ」

彼は急にがっかりしたような顔をして言った。なんだか喜怒哀楽が全部正直に顔に表れる奴みたいで、オレはおかしくなる。いや、彼はオレが思い出してないことにがっかりしてるわけだから、それをおかしく思ってどうするって感じだけどさ。

「もしかして、今は親しかったりする？」

「そうだよ。由也が事故に遭ったって聞いて、すぐお見舞いに来たかったけど、鷹野先輩があんまり刺激しないほうがいいって言ったから、今日まで我慢してたんだよ」

そう言う彼の目には涙が溜まっている。

おいおい。そんなに涙ぐまなくても。

あまりに子供っぽくて、同じ歳なのかとちょっと疑いたくなってしまった。いや、オレだって、大人っぽいほうじゃないけど、人前で泣いたりはしないよ。

「ごめん。羽岡のこと忘れてて」

オレの記憶の中では知り合いですらなかった彼に謝るのも変なんだけど、さすがに目の前で泣かれたら悪いって気がしてくる。

「いや、オレこそごめん。由也が悪いわけじゃないのに」

内心そうだと思いながらも、彼の顔を前にしていると、妙に慰《なぐさ》めたい気持ちになるから変だ。

「由也はオレのこと、明良って呼んでたんだ。だから、苗字じゃなくて名前で呼んでほしいんだけど」

「えっ……そうなんだ？」

オレはビックリしてしまった。そんなに親しかったのかと思って。

何故かというと、オレはあまり人の下の名前を呼んだりしないほうだからだ。オレが明良と呼んあげないといけないような気分にさせられてしまうな。
それにしても、明良はさすがに天堂でアイドルと呼ばれてたくらいあって、なんかこう、守って
でたくらいなら、相当親しくしてたんだろうな。

「あっ」

オレはあることを思い出して、声を上げた。

「どうかしたのか？」

鷹野先輩がすぐに声をかけてくる。

「な、何でもないよ。ただ母さんが買い物から帰ってくるのが遅いなあって思ったんだ」

オレは慌てて言い繕《つくろ》った。

いや、思い出したんだよ。鷹野先輩の恋人。

確か、明良をめぐる三角関係って噂があってさ、最初、明良は風紀委員長と付き合ってたらしいんだ。それが、どういうわけか、鷹野先輩と付き合うようになったって……。

なんだ、明良だったのか。鷹野先輩はオレのよく知ってる奴が恋人だって言ってたもんな。今のオレは知らなくても、名前を呼び合う仲の明良はきっとオレの親友か何かなんだから、ものすごくよく知ってたんじゃないかな。

そうか。だから、今日は二人連れ立って来たんだな。

しかし、こんなラブラブな二人の間に、オレはいつも割って入ってたのかな。しかも、明良をさ

し置いて、オレが鷹野先輩のバイクの後ろに乗ってたなんてさ。

オレって、なんて嫌な奴なんだ。

もしかして嫉妬してたのかな。ほら、友達を取られるみたいで嫌だ、とかさ。嫌だも何も、オレが明良と知り合う前から二人は付き合ってたんだろうし、それをオレがどうこう言える権利はないだろうに。

それなのに、オレは二人の邪魔してたんだよな……。

なんだかそう思うと、オレは二人に対してとても申し訳ない気持ちがしてきた。オレはそういう記憶をちゃっかりなくしちゃって、しかも、その責任を鷹野先輩が感じて、こうして見舞いに来てくれているんだ。確か、一昨日《おととい》も昨日もずっと病院の廊下でオレの意識が戻るのを待っててくれたんだよな。ってことは、明良はその間ほったらかしだったわけで……。

余計に申し訳ないよ。これは早く記憶を取り戻さなくちゃ。そして、全部、思い出した上で、二人に今までのことを謝ろう。

実際、記憶喪失なんて初めてで（何度もなる奴なんかいるんだろうか）、いつ記憶が戻るのかなんて見当もつかないけど、なんとか早く思い出せたらいいなと思った。

そんなことを考えてるうちに、開け放していたドアから見知った別の顔が覗いた。

「岡田と泰明じゃないか！」

オレは親友と幼馴染みの出現に喜びの声を上げた。

岡田伸義《のぶよし》は演劇部に所属する眼鏡をかけた理性派男。対する松山《まつやま》泰明はオレの幼馴染みで、世界に通用するメイクアップ・アーティストを目指しているというちょっと気障《きざ》な茶髪男だ。

はっきり言って、鷹野先輩も明良もオレの記憶にないわけだし、義典さんはきっぱり初対面だから、見知った二人の顔を見られたことはすごく嬉しくて心強く感じた。

「由也、もう退院するんだって？　さっき、おばさんにそこで会ったぞ」

泰明は鷹野先輩にちょっと頭を下げて、オレにそう言った。どうやら、母さんはもう病院に戻ってきてるらしい。

「いや、大した怪我はしてないからさ。明日から学校に行くよ」

「大丈夫なのか？　記憶喪失になったと聞いたが」

岡田はそう言ってから、いつものクセで眼鏡の位置を直した。

「別に何もかも忘れちゃったわけじゃないから、大丈夫だろうってさ。まあ、しばらく、迷惑かけそうだけど、よろしくなっ」

オレは二人の親友の顔を交互に見比べる。

「ずいぶん人数がふえたな。じゃ、由也、俺はこのへんで」

義典さんの声にオレは振り返った。すると、義典さんは手帳を持って、それをちょっと振った。

「今度、電話するから」

「あ、うん。待ってるよ」

オレは手を振って、義典さんに答えた。

「鷹野、またな」

「はい……」

鷹野先輩は義典さんに何か言いたそうな顔をしていたけど、それだけ言って頭を下げた。義典さんが病室を出ていった後、なんだか奇妙な間があいた。

「あの、由也……」

明良がみんなを代表するようにオレに声をかけてきた。

「今の人と会ったばかりなんだよね？」

「うん。今朝ね」

「で、何か約束でもしたの？」

「ドライブしようって」

みんなが何故か溜息みたいなものをついた。

「な、なんだよ。何か悪いことでも……。まさか、あいつ、実は悪い人だとか？」

「いや……。上崎先輩に限って、そんなことない」

鷹野先輩はきっぱりと否定した。

先輩は義典さんのことをよく知っているから、性格とか人間性とかが判るんだよね。

「なるほど。今のは上崎先輩か。なるほどな」

岡田が納得したように言った。例の伝説のことを思い出したんだろう。

「ねえ、由也。あのさ……」

「明良、いい。それは俺がなんとかするから」

鷹野先輩は明良が何か言いかけたのを遮った。

なんかよく判らないなあ。みんなの態度がすっきりしないっていうか、腑《ふ》に落ちないっていうかさ。言いたいことがあるなら、はっきり言えばいいのに。

「由也、上崎先輩は立派な人だ。俺は先輩の傍で、いろんなことを教えてもらった。天堂高校にいた三年間で、俺の一番尊敬する人だ。だから、決して悪い企《たくら》みがあって、由也を誘っているわけじゃない」

「うん。オレもそれは判るから、ＯＫしたんだよ」

それなのに、なんでみんなそういう態度を取るんだよ。まるで、オレがすごくいけないことをしてるみたいで、嫌なんだけど。

泰明が溜息混じりに横から口を出す。

「でもさ、伝説の先輩も、天堂高校出身の男なんだよ。そこに気をつけろって俺は言いたいね」

ああ、つまり、そういう心配をされてるのか。やっぱり、みんな、ナンパだと思うんだよな。

改めて、オレって友達にもそういう目で見られてるのかと思うと、ちょっとガッカリだ。

「オレは別にそういう気はないよ。向こうもそういうつもりはないみたいだし、ドライブくらいいいんじゃない？」

オレが強い口調で言ったせいか、泰明は慌ててフォローする。

「うーん。まあ、そうなんだけどね。ちょっと心配になるわけだよ」

何が心配だよ。考えすぎなんだってば。

それとも、オレの記憶がない間に、何かあったんだろうか。もしかして、男に襲われるみたいなことが……。

そういえば、オレがジュリエットの格好でウロウロしてたときに、上級生が……って、先輩は言ってたな。もしかして、そういうようなことが実は頻繁《ひんぱん》にあったとか。

うーん。でも、たとえそうでも、義典さんはそういう人じゃないって、先輩が言ってるんだから、気にする必要はないわけだ。

「よく判んないけど、オレは義典さんと遊びたいときは遊ぶよ？」

みんなが心配してるらしいことは判っても、なんとなく反抗的な気分が抜けなくて、オレはそう言った。

雰囲気サイアクって感じだけど、オレにとってはその雰囲気自体が理不尽なことに思えて仕方なかったんだ。

「由也、荷物の整理、済んだ？」

いきなり母さんが病室に現れた。

「まあ、明良くんじゃないの。わざわざお見舞いに来てくれたの？」

母さんは明良を知っていたらしい。というか、その言葉遣いと表情から見て、明良のことがかなりお気に入りと見た。

まあ、ぬいぐるみみたいに可愛い顔してるから、無理はないかな。

「じゃあ、そろそろ俺達は帰るか」

鷹野先輩は明良や岡田達に向かって言った。

「じゃな、由也。教室で待ってるぞ」

岡田はそう言って、いつものように眼鏡をずり上げる。

明良が鷹野先輩と共に病室を出る前にオレを振り返った。

「オレ、由也の記憶が早く戻るように、祈ってるから」


退院した次の日、オレは今までどおり学校に行った。

いや、今までどおりといっても、オレにとっては、全然知らない二年のクラスなんだけどさ。とりあえず、岡田が同じクラスだって言うから、ちょっとは安心かな。

母親から聞いたとおりに二年の教室の前まで行ったものの、本当にこの教室に入っていいものか、悩んでしまった。

だって、オレはこの教室であったことをまるっきり覚えてないんだ。もちろん自分の席がどこかも知らない。とはいえ、このまま廊下でじっと立ってるのも馬鹿馬鹿しいので、そっと教室の中を覗いてみる。

「あ、由也！」

教室にいた一人がいち早くオレを見つけて、名前を呼んだ。そしたら、教室にいた連中がみんなオレのほうに目を向けたんだ。

「由也！　おまえ、記憶喪失になったって聞いたけど、本当か？」

そんなふうに言って、みんながオレの周りを取り囲んだけど、はっきり言って、みんな知らない奴ばかりだよ。

どうすりゃいいんだよ。ここでみんなのことを知らないって言うのもなあ。

仕方ないから、オレは適当に愛想笑いをしてみた。

「由也、俺のことも忘れちゃったのか？」

「俺のことも？　みーんな忘れちゃったのか？」

口々にそう訊かれても返答に困ってしまう。

すると、岡田がみんなをかき分けて、オレの傍にやってきてくれた。

「みんな、由也は昨日退院したばっかりなんだ。病み上がりみたいなもんだから、ほら、あっちに行った、行った」

岡田はこのクラスでも、けっこう中心人物みたいなところがあるらしい。岡田の一言で、みんなが散っていく。

「サンキュー、岡田。愛してるぅ」

以前のノリで礼を言うと、岡田が一瞬ギョッとした顔になった。

「どうかしたか?」

「あ、いや……。おまえのそういう冗談聞くのも久しぶりだなと思って」

「へぇ、そうなんだ? 二年になって、ちょっとはオレも大人になったってところ?」

「まあ、そういう感じかな」

なんだか大人になるってのも、窮屈《きゅうくつ》な感じだ。あ、もしかして、前みたいにオレは岡田と冗談を言い合うような仲じゃなくなったとか。

でも、ちゃんと見舞いも来てくれたしな。

「泰明が心配していたぞ。この七ヵ月間で、おまえはすごく変わってしまっていたから、その記憶をなくしたのは、つらいよなあって」

「オレ、そんなに変わってたんだ?」

何しろ、記憶にないから、何がどう変わったのか自分では判らない。変わったから、岡田に冗談も言わないような性格になっていたのか。

「鷹野先輩のこと、思い出さないのか?」

岡田はふと声を潜《ひそ》めて訊いてきた。

なんだろう。そんなに声を潜めるようなことなんだろうか。鷹野先輩のことは。

「全然」

「そうか……。おまえ、一人でいろいろ悩んでたみたいだったから、もしかしたら忘れてしまったほうがおまえにとっては楽なのかもしれないな」

「オレが悩んでた？　鷹野先輩のことで？」

なんでオレが鷹野先輩のことで悩んでたんだろう。

ああ、ひょっとして、オレが明良と鷹野先輩の仲を邪魔するような行動を取っていたことかな。親友とその恋人の仲を邪魔したい気持ちと、邪魔しちゃいけない気持ちの間で揺れ動いていたとか。

今イチ、よく判らないんだけどね。一般的に言って、やっぱり恋人同士の仲は邪魔しちゃいけないとオレは思うからだ。

たとえ男同士だってさ。当人同士は納得してるんだから、外野がどうこう言うことじゃない。それなのに、どうして記憶をなくす前のオレは、邪魔しようとしていたんだろうか。

「なあ、岡田。オレと鷹野先輩と明良の関係って、どんな感じだった？」

「明良？　明良は関係ないだろう、この際」

「は？」

なんで関係ないんだろう。やっぱりオレと鷹野先輩の関係を語る上で、明良は必要不可欠なんじゃないかな。

「まあ、それは鷹野先輩に訊いたほうがいい。俺の口からはどう答えていいか悩むから」

ますますそれじゃ判らないいじゃないか。なんで岡田の口からは言えないんだろう。

一体、オレと鷹野先輩の間に何があったって言うんだよ。そんな言えないようなことなんだろうか。実はめちゃくちゃ喧嘩《けんか》した相手だとか。まさかオレが明良に横恋慕《よこれんぼ》していて、鷹野先輩は恋敵《こいがたき》だとか。

いや、どうもピンと来ないけど。

結局、鷹野先輩に訊くしかないか。

できれば早く記憶を取り戻したいな。でなきゃ、なんだか判らないことだらけなんだ。義典さんとドライブに行っちゃダメみたいな雰囲気も、よく判らなかったしさ。

「そういえば、オレの席、どこ？」

「ああ、こっちこっち」

岡田がオレの机を教えてくれる。中を覗くと、辞書や教科書なんかが置きっぱなしになっていて、それらにはちゃんとオレの名前が書いてあった。

「記憶をなくすって、変な感じだよなあ。こんな教科書見たこともないのに、オレの筆跡で名前が書いてあるなんてね」

「おまえ、案外、呑気《のんき》なんだな」

岡田が呆れて笑う。

「だって、深刻になったって仕方ないじゃん。忘れちゃったものはさ。どうしたって思い出せないんだから」

昨日も家に帰って、いろいろ思い出そうと努力したんだ。でも、まったく無駄《むだ》だった。頭に霞がかかったみたいに、どうしても思い出せなかった。

だったら、そのうちに記憶は戻るって、適当に考えたほうがいいじゃないか。どうして記憶が戻らないんだ、なんて悩むのはバカらしいってことだ。

「ま、元気があるほうがいいからな。その調子で頑張れよ」

岡田はオレを元気づけるように背中を叩いた。

オレが持ってきた教科書やノートを机の中に直していると、教室に明良が現れた。

「由也……！　ちゃんと席判った？」

「岡田に訊いたから」

「ごめんね。オレ……早く来て、由也にクラスのこといろいろ教えてあげようと思ってたのに……寝坊しちゃっててっ」

見ると、明良は駅から走ってきたような顔をしていて、息も切れていた。

「別にいいよ。最初は教室に入っていいのかなんて思っちゃったけど、入ってみれば、まあ、こんなもんかなって気がしたし」

「ホント、ごめん。他に何か判らないところがあったら、オレにいくらでも訊いて」

明良はオレに手を合わせてそう言った。

正直言って、オレは明良にあまり馴染みがないので、そんなに気にしなくてもって思った。でも、きっと、オレと明良は仲がよかったんだろうね。親友って言っていいぐらいの仲だったら、明良が『記憶喪失の由也は自分が世話してあげなきゃ』と思っても当たり前なのかもしれない。

ただ、オレにはそれが理解できないだけで。

「オレと明良、そんなに仲よかったの？」

思わず何気なくポロリと訊いてしまって、明良の表情が変わる。目に涙が溜まったようなウルウルモードで、オレを見つめるんだ。

いや、参ったな。何も泣かなくても。

「由也……すぐに記憶が戻るからね」

「あ、うん。ごめん、変なこと訊いて」

明良は涙を拭《ふ》きながら頷いた。

「いいよ。由也がそう言いたくなる気持ちも判るし。でも、オレができることは精一杯するから、少しはオレも頼りにして」

すぐ涙を目に溜めてしまうような相手をどう頼りにすればいいのやら。

そう思ったけど、明良の真摯《しんし》な気持ちは判ったので、オレは頷いておいた。

「あ、由也、鷹野先輩だよ」

明良が指差す先の廊下には、確かに先輩の姿が見えた。でも、どうして明良はオレにわざわざ鷹野先輩が来たって言うんだろうね。

「明良に用じゃないの?」

「なんで? 由也が心配だから来たに決まってるじゃないか」

そうか。決まってるのか。

よく判らないけど、明良がそう言うからにはそうなんだろうな。できれば、オレはもう明良と先輩の邪魔なんかしたくないんだけどさ。

そう思いながらも、オレは先輩の傍に行った。

「おはよう。えーと、元気? って訊くのも変かな」

オレは何を話していいか判らず、そんなことを口走った。

先輩はそんなオレを見つめて、ちょっと目を細めて笑った。

「俺は元気だ。由也は……怪我のほうは大丈夫か?」

左手の包帯は取ってしまって、もうバンソウコウにしていた。

「全然平気。大げさにしてるけど、もともと大した傷じゃないんだから。ま、記憶のほうは戻る気《け》配《はい》もないけどさ」

明るく笑ってみせたが、先輩は少し曇《くも》った表情になってしまった。

オレの記憶喪失に関して、先輩は責任を感じてるから、下手《へた》なことは言えないんだよね。

「いや、別に気にしなくていいからさ。七ヵ月間の記憶が抜けてたって、そんなに生活に支障《ししょう》もないし、気長に記憶が戻るのを待とうって思ってるんだ」

「ああ、そうだな……」

先輩はそう言いながらも、浮かない顔をしている。

なんだかそういう顔をされると、オレはどうも気になるなあ。先輩にもっと明るい顔をしてもらいたいって思ってしまう。

いや、前にもこんなことあったような。よく覚えてないけど。

「えっと、明良呼ぼうか？」

「明良には別にこれといって用はない」

「えっ、でも……」

二人は恋人同士なんじゃないの？

オレはそう言おうとして、口を閉じた。

もしかしたら、二人は周囲には秘密の恋人同士だったりして。あれだけ噂になってたから、今更と思うけど、オレの知らない七ヵ月の間に何があったかなんて判らないじゃないか。

人に知られちゃいけないなら、オレがここでどうこう言っちゃいけないよな。

オレはそう思って、岡田がしたように先輩の背中を叩いた。

「とにかく元気出しなよ、先輩」

やっと先輩は笑顔に戻った。

「やっぱ、先輩、笑ってたほうがいいよ。怖い顔されると、何を喋《しゃべ》っていいか判らなくなるし」

「俺はそんなに怖い顔してるか？」

「してるって。自分じゃ判らないかなあ」

「鏡でもいつもこの顔だから、俺は普段どおりのつもりだ」

これが地顔なんだったら、仕方ないかな。本人は怖いつもりはないんだろうけど、目つきがなあ。鋭すぎるんだよ。

「まあ、いつもニヤニヤ笑ってるよりいいかもね。それだと、ただのスケベオヤジな感じだし」

「スケベオヤジ……」

「あ、ニヤニヤしてたらの話だよ。先輩がホントにスケベオヤジかどうかは、オレ、知らないもん」

それを知ってるのは、明良だろう。オレはしがない外野だから。

ふと、先輩って、ベッドの中ではどうなんだろうと思ってしまった。あの子供みたいな明良を相手に何をするんだろうって。

いや、オレ、何を妄想してるんだろうね。自分で恥ずかしいよ。人のエッチを想像するなんて。

でも、鷹野先輩は格好いいから、想像しちゃうと何だか妙にドキドキするよ。

「どうかしたか？　顔が急に赤くなってきたが」

「えっ？　あ、いや、別にっ」

オレは自分の顔が赤くなってるとは思わなかったから、慌ててしまった。まさか、ベッドの中の先輩を想像してました、なんて言えないし。

「じゃ、先輩。オレは元気だから、気にしないでっ」

オレはそのまま教室に戻ろうとしたら、後ろから手首を掴まれてしまった。

「な、何っ？」

ビックリするじゃん。いきなり手なんか掴まれたら。

「昼休み、一緒に弁当を食べよう」

「えっ、オレと？」

先輩は静かに頷いた。

「なんで？」

オレが訊くと、先輩は少し困ったような顔をした。

「おまえに会わせたい奴らがいるから。かな」

その『かな』ってのは、なんなんだろう。

「おまえは覚えてないだろうが、みんな、由也のことをよく知っていて、今回のことで心配しているんだ。一応、紹介しておくから…というのも変だが、顔を見せてやってくれないか」

「ああ、なんだ、そういうことか。うん、判ったよ」

鷹野先輩がオレと弁当を食べたいのかって、一瞬思ったじゃないか。そんなことないのに。

「あ、明良は？」

「明良も一緒だ」

うん、そうだよな。明良を差し置いて、オレが先輩と一緒に弁当を食べられないよ。

「じゃ、昼休みに」

オレ達はそう言って、教室前で別れた。教室に再び入ったところで、その辺にいた奴に声をかけられる。

「由也、鷹野先輩のことは覚えてるのか？」

「えっ、全然」

「わっ、そりゃひでーや。先輩、ショックだろうに」

まあ、そうかもしれないけど、オレはおまえのことも覚えてないんだよ。と心の中で思った。

「こらっ、由也に変なこと言うなって言っただろ！」

岡田が間に割って入ってきた。

「あ、別にオレは気にしてないよ」

オレは岡田にそう言ったけど、何故か沈痛な表情をした岡田に肩をポンポンと叩かれた。

「由也……。おまえにいろいろ言う奴がいると思うが、たくましく生きていけよ」

「はあ？　オレ、充分たくましいと思うけど」

見かけは別として、精神的にはけっこうタフなつもりでいるのに、そんなこと言われるとはちょっと心外だ。

しかも、岡田は疑わしそうにオレを見てるし。

まったく、なんだか判らないけど、頭に来るなあ。

オレはそう思いながら、HRが始まる時間になったので、自分の席に着いた。


昼休みになると、先輩のほうから教室まで迎えに来てくれた。

恐縮しながら、弁当を手に廊下に出たら、鷹野先輩の横に、もう一人、先輩の友達らしき人が立っていた。

鷹野先輩より少し背が低いけど、それでも充分高いほうかな。茶色の柔らかそうな髪。上品で整った顔立ち。うーん、どこかで見た顔だけど、思い出せない。

彼は廊下の窓からオレ達の教室を覗き込んだ。

「明良！」

「あ、優《すぐる》ちゃん」

明良は弁当箱を手にして、転がるように彼の傍へと駆けていった。

え……ちょっと待てよ。

明良がなんでそんなに嬉しそうにしてるんだよ。二人の間には、まるで恋人同士みたいな雰囲気があって、オレは目を丸くして見つめてしまった。

もしかして、鷹野先輩の恋人は明良だと思っていたのは、間違いだったのかな。でなきゃ、先輩の前でこんなにラブラブな雰囲気は醸《かも》しだせないよな。

「由也は覚えてないだろうが、俺の親友の藤島《ふじしま》優だ」

鷹野先輩はそう言って、彼を紹介した。

「あ、えーと、どうも。よろしく」

もともと知ってる間柄らしいので、どう挨拶していいか判らずに、オレはペコッと頭を下げた。

「明良の恋人の藤島優と言ってほしいな」

藤島先輩はにっこり微笑んで、明良の肩を抱いた。たちまち明良の頬が赤くなる。

「優ちゃんったら。改めてそう言われると、恥ずかしいんだけど」

「でも、これは重要なことだよ。由也くんが間違って僕を好きになったりしたら大変じゃないか」

それはないと思ったが、確かにちゃんと本人達の口から恋人だって聞けば、間違いないわけだ。おかげで、オレは変なこと言わずに済んだみたいで、よかったよ。

藤島先輩といえば、風紀委員長。いや、元風紀委員長だよね。例の三角関係で、鷹野先輩と明良がくっついたって聞いてたんだけど、どうやら、その後にもう一回大逆転があったのか。

うーん。すると、鷹野先輩の恋人って誰だろう。

「屋上でみんなが待ってる。行こう」

先輩はオレを促すように、オレの背中に手を添《そ》えた。オレ達の前を歩くのは、ラブラブの藤島・明良組だし、なんだか変な感じだ。

屋上でみんなが待ってるってことは、まだオレに紹介したい人達がいるってことだよな。ってことは、もしかしたら、その中に鷹野先輩の恋人もいるのかもしれない。

ドキドキするなあ。先輩の恋人って誰だろう。

オレはその知らない恋人と先輩の間を邪魔していたみたいだからさ。親友だという明良の邪魔をしていたんじゃなかったからよかったけど、どっちにしたって、オレの取っていた行動は褒《ほ》められたもんじゃないよな。

記憶を失う前のオレが、一体何を考えて、そういう行動を取っていたのか謎なんだけど。

屋上に行くとけっこう人がいて、座り込んで弁当を広げていた。なんだか、カップルが多いような気がするけど……気のせいかな。やたらと男二人で顔を突き合わせて食べてるんだよ。

いや、オレは別に偏見とかはないよ。ないけど、あんまり多いと、ちょっと照れるっていうかね。

カップルの中をかき分けて歩いていくと、なんとなく異彩を放つ二人がいた。

一人は眼鏡をかけた理知的な風貌していて、もう一人は可愛い感じの顔立ちをしているけど、どこか油断のならない表情をしている二人組だ。そして、二人がカップルでない証拠に、眼鏡をかけたほうは、そっぽを向いていた。

「あ、由也君！」

可愛い顔立ちのほうがオレに気づいて、手を振った。誰だろう。同級生？

「由也、生徒会の元会計、西尾葉月《にしおはづき》だ」

鷹野先輩がオレにそう耳打ちした。

「えっ、もしかして三年生？」

「そうだよ。失礼だな。僕のことも忘れちゃったの？」

西尾先輩とやらは不満げにオレをちょっと睨んで、立ち上がった。

「ほら、君よりは背は高いんだからね」

あんまりオレとは変わらない気がするんだけど、そう言うからには、きっとわずかながらもオレより高いんだろうな。

「はあ……。すみません、西尾先輩」

オレとこの人がどういう関係にあったのか、今イチよく判らないけど、とりあえず謝ってみた。

すると、西尾先輩はニッコリ笑って、オレの肩を親しげに抱いた。

「由也君、僕のことは葉月先輩って呼んでね。で、怪我は大丈夫？」

「はい。怪我は大したことないし」

「記憶のほうは大変だよね。でも、元気出して。ていうか、元気そうだけど。裕司のほうがダメージ受けてるって感じで、ちょっと鬱陶《うっとう》しいんだけど、なんとかならない？」

「えっ……？」

裕司……というと、鷹野先輩のことか。先輩のほうがなんでダメージ受けてるんだろう。もしかして、まだ責任を感じてるってことかな。

「葉月、俺のことには口を出すな」

鷹野先輩は葉月先輩に厳しい口調で言った。でも、葉月先輩は全然気にしてないみたいだった。

「ま、由也くんが裕司に構ってあげれば、すぐ機嫌が直るからね」

「はあ？」

オレはよく判らないけれども、葉月先輩がニコニコしているので、それ以上は訊けなかった。なんだか訊けないような笑顔だったというべきかな。

「それで、こっちが元副会長の澤田《さわだ》一秀《かずひで》だ。明良の兄でもある」

鷹野先輩は葉月先輩の揶揄《からか》いを無視して、紹介を続けた。

澤田先輩はオレを見上げて、軽く頭を下げたから、オレも慌ててお辞儀をした。すると、少し神経質そうな顔をほころばせた。

笑うと堅苦しいイメージが抜けて、いい雰囲気の人にも思える。でも、明良の兄にしては、あまり似てないよな。ていうか、苗字違うし。確か、副会長の澤田一秀って、明良の従兄弟《いとこ》じゃなかったっけ。確か、例の三角関係の噂の中で、ちょっと名前を聞いた覚えがある。明良を溺愛《できあい》している従兄弟だって。

「オレの父さんとカズちゃんのお母さんが結婚して、兄弟になったんだ。苗字は違うけど、ちゃんと家族なんだよ」

明良が横から解説してくれた。

ああ、なるほど。母親が再婚しても、本人の苗字が元のままってよくある話だよな。

しかし、澤田先輩も葉月先輩も、どうも鷹野先輩の恋人って雰囲気じゃなさそうだ。じゃあ、先輩の恋人って、一体どんな人なんだろうか。

いっそのこと、鷹野先輩本人から聞き出したほうが早いかな。いや、明良から聞き出すってのはどうだろう。鷹野先輩は口が固そうだしさ。

しかし、そんなこと、別に隠すことでもないだろうに。さっさと、『俺の恋人だ』って紹介してほしいよ。

ふと、そんな場面を想像して、オレはなんだか嫌な気分になった。胸の中がちょっと重苦しくなるような気分だ。どうしてか、よく判らないけど。

そんなわけで、総勢六人で一緒に弁当を食べることになったが、どうも明良と藤島先輩はイチャイチャモードで、一緒にいても二人きりの世界を作っていて、澤田先輩と葉月先輩は二人で喧嘩ばかりしていた。いや、葉月先輩が一方的に澤田先輩を揶揄ってるって感じかな。

そうすると、必然的にオレと鷹野先輩という組み合わせになるわけで……。

なんか照れるよね。鷹野先輩って、カッコいいからさ。鷹野先輩はオレに負い目があるせいなのか、オレを慈愛の眼差しみたいな目でじっと見つめてくるしさ。

そんなに、気にすることないのに。

バイクの事故は、先輩が悪いわけじゃないのに。

でも、先輩がオレにばかり気にかけてるってのは、なんとなく悪い気はしなかったりして。もう、このまま鷹野先輩の恋人なんか現れなきゃいいのに。

そしたら、鷹野先輩はオレばっかり見てくれるんじゃないかな。

ふと頭を過《よ》ぎった考えに、オレは愕然《がくぜん》となる。

もしかして、オレって、そういう気持ちで、鷹野先輩と恋人の仲を邪魔してたんじゃないだろうか。鷹野先輩に懐いていて、それで鷹野先輩の関心を恋人に向けさせたくなくて、何かというと、先輩の家に押しかけて、先輩が優しいのをいいことに、バイクの後ろに乗せてもらったり……。

そんなあ。

だったら、オレって、めちゃくちゃ嫌な奴じゃん。

そりゃあ、鷹野先輩って、真面目で格好いいよ。最初は怖い人かと思ったけど、そうじゃなくて、一本スジが通ったような男らしい人だ。

だから、記憶を失う前のオレが憧れるのも判るよ。でも、だからって、邪魔するなんて、最低な人間のすることだ。

親友を取られるのが嫌で邪魔してたっていうより、なんだか妙にずっと最低な気がしてくる。どうしてだろうな。邪魔していたのは事実なのに。

「どうした？　由也？」

先輩がオレを気遣ってくれる。こんな嫌な奴のオレに。

鼻の奥がツンと痛くなってくるけど、笑ってごまかした。

「なんでもないよ」

「そうか？　どこか具合が悪くなったら、すぐに俺に言うんだ。判ったな？」

そんな真剣な目をしちゃってさ。恋人が見たら、誤解しちゃうよ。

というか、オレのほうが誤解しそうだよ。鷹野先輩って、まるでオレを好きでいるみたいな熱い眼差しで見つめるんだよ。いや、それが単なる勘違いで、ただ先輩はオレのことを心配してくれてるだけなんだと判ってるけどさ。

ようやく弁当を食べ終わって、買ってきた缶のお茶を飲み干した。やっと人心地がつく。鷹野先輩があんまりじっとオレのほうを見るから、実は緊張して、食事がなかなか喉を通らなかったんだ。

これって、自意識過剰っていうのかな。

ふと横を見ると、藤島先輩と明良が弁当を食べ終わっていて、まるで寄り添うように座っていた。お互い相手に身体を預けて、のんびりと日光浴をしているような感じだ。

平和っていうか、のどかっていうか、そんな二人の様子を、オレは羨《うらや》ましく思った。

男同士の恋愛なんて興味も何もなかったけど、深く信頼し合っている二人を見ていると、そういうのもいいなって思ったんだ。

もちろん、オレにはそういう恋愛対象なんかいないんだけどさ。

「由也……」

鷹野先輩がオレの髪に手を触れた。

思わずドキッとして、身体が揺れる。

「すまん」

鷹野先輩はそう言って、手を引っ込めた。先輩が何をしたかったのか判らないし、どうして謝ったのかも判らない。

ただ、なんだか妙に胸がドキドキとしてしまって、それが止まらなかった。

なんだよ。息苦しいよ。

オレの身体は一体どうなったんだ。

もうワケが判らなかった。

「あ、裕司先輩！」

ちょっと離れたところから、誰かの声がした。と思ったら、一年生なのか、背が低い可愛い顔をした子が近づいてきた。

ちょっと生意気そうな顔したその子は、無邪気に先輩にくっつくように隣に座った。

もしかして、この子が先輩の恋人……なわけ？

あんまり恋人が現れないから、先輩に恋人がいるなんて嘘なんじゃないかと心の隅でちょっとだけ思いかけていただけに、彼の出現にはショックを受けてしまう。

やっぱり、オレは鷹野先輩にすごく憧れていて、先輩の恋人に嫉妬してたんだろうか。

真実は判らないけど、とにかくオレは動揺してしまって、その子の顔から目を背《そむ》けてしまった。

「由也先輩がキオクソーシツになっちゃったって、噂で聞いたんだけど、ホントなんですか?」

いきなり話を振られて、オレはまたその子に視線を戻すことになる。ニコニコしていて、どうやら別に悪意もなく、純粋に質問してみたという感じだった。

「由也、この子は一年の野瀬聡《のせさとし》。俺の小学校の頃の後輩だ」

鷹野先輩はそんなふうにその子を紹介してくれた。

ってことは、この子も恋人じゃないんだろうか……。それとも、照れ隠しに後輩だなんて言ってるんだろうか。

オレがボンヤリそんなことを考えながら野瀬の顔を見ていると、彼は目を丸くして言った。

「うわあ、やっぱり本当のキオクソーシツなんだあ。僕、初めて見たよ」

いや、めずらしいのは判るが、そういう言い方されると、ちょっとカチンとくるよ。この子が先輩の恋人だったら、なんだか嫌だな。

「野瀬、そういう言い方は失礼だろう?」

先輩にたしなめられて、野瀬は自分が悪かったことに気づいて、オレに頭を下げた。

「ごめんなさい。僕のこと、由也先輩が忘れてるんだったら、すごく嬉しいなって思って」

忘れられて嬉しい関係って、なんだろう。よく判らないが、判らないなりに想像がついた。

たぶん野瀬はオレをすごく嫌な目に遭わせたことがあるに違いない。

「僕、ホントは由也先輩のこと、すっごく尊敬してるんです。先輩が僕のことを覚えてたら、嘘だって思うかもしれないけど、覚えてないなら信じてもらえるかなって……信じてもらえますぅ？」

オレはなんと返答したものかと考えてしまう。

別に嘘をついてるわけではなさそうだし、悪気はないんだろうけど、無神経なものの言い方が気になるし、いきなり信じてもらえるかって訊かれてもね。

「野瀬、記憶をなくす前の由也も、おまえのことをそんなに信じてないわけじゃなかったぞ」

鷹野先輩は微妙な言い回しで野瀬をなだめていた。

オレと野瀬の間に何があったのか判らないし、今のオレが口を挟《はさ》むことじゃないから、何も言わないけどさ。

なんだかちょっとムカつくなあ。先輩に大事にされてるみたいなところが、癇《かん》に障《さわ》るんだ。

それこそ、オレのワガママかもしれないけど。

先輩がオレ以外の誰かをそんなに優しい目で見てるなんて、嫌だって思う。オレにそんな権利があるのかって言ったら、全然ないんだけど。

やっぱり、オレって、性格悪い奴だ。野瀬は生意気そうで無神経な物言いをするが、たぶん悪気はなくて、鷹野先輩から見れば、わりといい子なんだよ。それなのに、変な嫉妬まがいの感情を抱いちゃって、オレって、バカだよ。

恋人でもないのにさ。

ああ、これで、本当に鷹野先輩の恋人なんかが現れたら、どういう気持ちになるんだろう。きっと、野瀬に対する嫉妬混じりの感情よりも、もっと強い感情に頭の中が占領されていくんじゃないかな。

だったら、オレは……。

なんとなく、オレが記憶を失ってしまった理由がそこにあるような気がした。

鷹野先輩との出会いから、丸ごと消えてしまったオレの記憶。

オレは鷹野先輩の恋人なんかと会いたくないよ……。

「由也、どうかしたか？」

気がつくと、また先輩がオレを心配そうに見ている。

ダメだよ。そんなふうに先輩はオレなんか見てちゃ。愛しい恋人がどこかにいるんだろう？　いつもオレの傍にばかりいたら、その人が可哀相じゃないか。

「オレ、別に平気だから。先輩は事故の責任なんか感じなくていいんだよ」

「由也……」

鷹野先輩は何かを言いたそうにしていたけど、そのまま黙ってしまった。

いや、これでいいんだよ。先輩はオレにばかり構ってちゃいけないんだから。

「由也先輩、やっぱり記憶早く戻るといいですね」

野瀬が前言を翻《ひるがえ》して、まともなことをポツンと言った。

「うん……そうだね」

オレはそう答えながら、記憶を取り戻すのが怖かった。

自分の嫌なところと真正面から向き合わないといけないような気がして。


やがて放課後になり、オレは帰り支度《じたく》をした。

「由也、鷹野先輩が迎えにくるんだよね？」

さっさと鞄を持って教室を出ていこうとするオレに、明良が声をかけてくる。

「来るって言ってたけど、来なくていいよって言った」

「えっ、どうして？」

明良はビックリしたような表情をしていたが、オレのほうが驚くよ。

「なんで、オレが先輩と帰らないといけないんだよ。理由がないじゃないか。まさか、いつもオレと先輩は一緒に帰ってたって言うんじゃないだろう？」

オレは冗談のつもりだったが、明良はそっと頷いた。

「嘘だろ……」

「嘘じゃないよ。由也はいつも先輩と一緒だった」

あまりのことに眩暈《めまい》がしてくる。それじゃ、記憶を失う前のオレって、どこまで先輩に迷惑をかけていたんだろう。

ひどい。あまりにひどい。

こんなオレ、記憶なんか絶対取り戻したくないよ。

「由也、先輩に言っちゃダメって言われてるけど、オレ……」

明良が何か言いかけたけど、オレは聞きたくなかった。それはオレの記憶に関することだって思ったからだ。

「オレ、今日は約束あるんだ」

明良の言葉を遮るように、オレはそう言った。

昨日の夜、義典さんから電話があったんだ。それで、学校終わったら、ドライブに行こうって約束した。それが今ではすごくありがたく思える。

オレは先輩から逃げたかったんだ。

一緒にいればいるほど、オレはおかしくなってしまうから。

「でも……鷹野先輩は由也が心配だからやっぱり来るんじゃないかな」

「オレは来なくていいって言ったんだ。後は知らない」

冷たいかもしれないけど、オレはさっさと帰ってしまおうと思った。先輩の顔を見たら、苦しくなりそうだったから。

校門の近くに一台の車が停まっていた。

あれかなあ。義典さん。

と思っていると、ドライバーシートのドアが開いて、義典さんが降りてきた。もしかして、今、着いたところなのかな。

オレの顔を見て、にっこり微笑んでくれた。

なんだか嬉しいなあ。いや、学校でいろいろありすぎて、すごく疲れていたから、オレの記憶となんの関わりもない義典さんの顔を見たらホッとしたんだ。

義典さんはオレの消えた七ヵ月のことなんか知らないわけだし。

もう、オレもあれこれと難しいことは考えたくなかった。

「今、来たところ?」

そう訊かれて、オレは頷いた。

まるで、待ち合わせした恋人同士みたいでおかしくなる。絶対そんなことあり得ないのに。

「天堂の制服を着てると、また違うね」

義典さんはオレを上から下までじろじろと見て言った。

「そりゃあ、パジャマでボサボサの髪してたときとは違うよ」

「なるほど、そうだな」

義典さんは大きな声で笑うと、オレの鞄を手から取り上げた。

「じゃ、乗って。ドライブしよう」

オレはナビシートの側に回って、ドアを開けた。

「由也！」

明良の声がして、オレはそちらのほうを振り向いた。オレの後を追いかけてきたみたいで、すごく頼りなさげな顔つきで校門の前に立ち、オレのほうをじっと見ていた。

また泣かせてしまうかもしれないと思ったけど、オレは無視して車に乗り込んだ。

「いいの？　友達なんだろ？　喧嘩でもした？」

義典さんは明良のことをそう言った。

「友達だったのかもしれないけど、記憶にないから」

「ああ。なるほど」

義典さんはオレの気持ちが判ったみたいに頷いた。

「じゃ、車出すぞ」

「はい」

明良はまだオレをあの表情で見ているんだろうか。それとも、涙を流しているんだろうか。

気にはなったけど、振り向く気持ちにはなれない。まるで後ろ髪を引かれるような感じだったけど、オレは絶対振り向くまいと思った。

だって、泣かれたら、気が咎《とが》めるじゃないか。オレはただ義典さんとの約束を守ってるだけなのに、オレがすごく悪いことしてるみたいに思ってしまう。

そうだよ。オレは悪くないじゃないか。オレのことを心配してる鷹野先輩に、いい気になってくっついて、恋人との仲を邪魔するようなことはしなかったわけだし。

それなのに、なんで明良に泣かれなきゃならないんだ。

さっぱり判らないよ。

「おまえもいろいろ大変だな」

義典さんにしみじみと言われて、オレはちょっと笑ってしまった。

「なんだよ、心配して言ったのに」

「だって、義典さんはオレのこと、なんにも知らないのに、なんかものすごく昔から知ってるみたいに言うから」

「別に知らなくても、想像はつくんだよ。記憶がないって、やっぱり大変じゃないか。特に、学年変わってれば、友達も違うわけだし、それに……」

義典さんはふと声を途切れさせた。

「えっ、何?」

「あ、いや……。もしかして、記憶にないけど、由也には恋人がいたりして、と思ったんだ」

「えぇーっ？　オレに恋人？　そんなの、あり得ないよ」

天堂における男の恋人ってのも、ナシだと思う。そんなのがいたなら、みんな、教えてくれてるんじゃないかな。この人が恋人だよってさ。

想像したら、ゲーッて感じだけどね。

それに、オレは鷹野先輩にいつもくっついてたんだから、自分には恋人なんかいなかったんじゃないかな。ていうか、恋人がいないから、鷹野先輩にまとわりついてたんだと思う。

ああ、なんて馬鹿なんだろうなあ。記憶がなくなる前のオレってさ。

「そうか。だったらいいんだけど」

「変なの。別にオレに恋人がいてもいなくても、義典さんには関係ないと思うのに」

「ああ、そうだな」

義典さんは明るい声で笑った。

オレは義典さんのそういうところが好きだな。なんでも明るく笑い飛ばしてくれると、こっちも楽になれる。いろいろ考えてたことなんか、大したことじゃないように思えるし。

「義典さんの高校時代って、どんな感じだったのかな」

「俺の高校時代？　今とそんなに変わらなかったと思うぞ。何しろ、半年前に卒業したばっかりなんだからな」

「そうかあ。でも、伝説の人って言うからには、すごく変わったことしてたんじゃないかって思ったんだ」

「変わったことって？　たとえば竹馬に乗って通学してたとか？」

いや、いくらなんでも、そんな変わった人だったとは思ってないけどさ。なんにしても、そのたとえは極端だよ。

「ま、今のは冗談だけど、ホント、別に変わったことはしてなかったと思うな。ただ、やけに俺の周囲で厄介ごとが起きるから、それの処理に追われている内に、変な伝説みたいなのが生まれていたんだ」

「義典さんって、トラブルメーカー？」

「それじゃ、俺が厄介ごとを引き起こしていたみたいじゃないか。あくまで、俺は第三者だよ。トラブルが起きるのは、俺の周囲なんだ」

そういうのもトラブルメーカーって言うんじゃないかな。本人は気がついてないけど、トラブルを引き寄せる何かがあるってことなんだよ。

「そういえば、記憶喪失の由也と出会ったのも、何かの縁だよな。もしかしたら、俺が記憶を取り戻してやれるかもしれないぞ」

「えっ、記憶を取り戻す方法を知ってるんですか？」

「そんなこと知ってたら、俺は大学生なんかやってないね。もしかしたら…っていうのは、ただの予感みたいなものかな。何か手助けができるんじゃないかってね」

それは、伝説の人としての予感なんだろうか。だったら、天堂における難事件（具体的にどんな事件なのか、伝説ゆえにさっぱり判らないんだけど）を解決してきたと言われる義典さんによって、オレの記憶は戻るのかもしれない。

「まあ、でも、何もかも忘れたわけじゃないんだから、すぐに戻るんじゃないか？　あまり深刻に考えずに、遊ぼうよ」

義典さんの言葉に、オレは深く頷いた。

記憶にないものはないんだし、あれこれと考えても仕方ないからだ。

「義典さんが言うと、なんだかちょっと度忘れしただけみたいだよね」

「大きな問題も、角度を変えて見ると小さな問題に思えることもあるってところかな。あ、そういえば、俺の行きたいところに向かってるんだけど、いいかな？」

そう言われれば、行き先は決めてなかったんだ。

「義典さんに任せるよ。オレ、ドライブなんかしたことないし」

父親の車に乗ることはあっても、どうもドライブっていう雰囲気じゃないからさ。こういう友達同士で車に乗るなんて経験は初めてだ。

「じゃあ、俺は海が好きだから、そっちのほうに行くよ」

義典さんはデートコースと言われる海沿いの道路へと車を向ける。

前に、同じようなことがなかったかなと、ふと思った。

いや、あるわけないよ。オレが誰の車に乗ったって言うんだ。なんか記憶を失ってるから、何でもかんでも、こんなことあったかも…って思うんじゃないかな。

ホント、考えすぎだよ。義典さんが言うように、もっと気を楽にしなくちゃ。

やがて、義典さんは脇道に入ると、松林の中を走り抜け、車を砂だらけの場所に停めた。堤防があって、その向こうはもう海だ。

ああ、ここは昔、父親に連れられて釣りに来た場所だ。だから、さっき、なんだか覚えがあるような気がしたんだな。なるほど。

オレと義典さんは車を降りると、堤防の上に並んで腰かけた。海は引き潮で、堤防の向こうには砂浜が広がっていた。

これもどこかで見覚えがある風景だぞ。引き潮のときには釣りに来てないから、父親と来たときじゃないはずなんだけど。

思い出せないなあ。誰かとこうして並んで、海を眺めていたような気がするのに。

「なんだかデートみたいだね」

義典さんは不意にそう言った。

「そうだね。ていうか、男同士なのにデートってのも変だけど」

オレはデジャヴみたいな気分を振り払うために、明るく言ってみた。

「由也は男って感じがしないから、人が見たらデートしてるように見えるかも」

義典さんは笑いながら、冗談のようにオレの肩を引き寄せた。

「いきなりキツイことを言うね。普通は遠慮して、そこまで言わないもんだけど」

女顔だの美人顔だの言われるのには慣れていたけど、そこまであっけらかんと本人に言った奴はいないんじゃないかな。不思議と腹が立たないけどね。

「正直言って、由也が傍にいると、デート気分になるんだよ。やっぱり顔が可愛いからかなあ」

「性格は可愛くないけど？」

義典さんはそれを聞いて、弾けるように笑った。

「性格は可愛くないんだ？」

「オレは自分でそう思うよ。ていうか、自分で自分の性格が可愛いって思ってる奴って、ロクな奴じゃない気がするよね。それが女でもさ」

「それはそうだな」

義典さんはふとオレの髪に触れた。もちろん肩は引き寄せられたままだ。

オレは思わず周りを見てしまった。オレ達の他に、何組かのカップルが周囲にはいたからだ。オレと先輩が男同士なのに、まるでカップルみたいな真似をしてるって、変な目で見られてるんじゃないかって気になったんだけど、周囲のカップルはそれぞれ自分達の世界に入ってるみたいだった。

「大丈夫だよ。みんな、俺達のこと、自分達と同じカップルだと思ってるって」

「そうかなあ。だって、オレ、学校の制服着てるのに」

たとえ顔が女顔でも、この格好は男に見えるんじゃないかな。でも、まあ、カップル達がオレと義典さんがいることに気づいてもいないって感じだから、いいけどさ。

「今度、私服姿が見たいな」

「まるで女の子を口説いてるみたいだね。言っとくけど、オレ、スカートなんか穿《は》かないよ」

「別にそこまでは想像してないよ。まあ、一度見てみたい気はするけど」

「冗談じゃないってーの。あ、でも、オレ、予餞会でジュリエットをやってたはずだよ。全然覚えてないんだけどさ」

「ああ、あれが由也だったのか？　めちゃくちゃ可愛かったよなあ。俺達、三年の間では、『もう少し早くあの子を知ってれば』って残念がる奴ら続出だったぞ」

オレは思わず苦笑してしまった。

知られてたら、一体、どうなっていたことか。オレは男の恋人なんかいらないんだよ。

「そういえば、あのとき、ジュリエットは鷹野に抱っこされて退場したんだよな」

「えっ、抱っこされて？」

オレはその光景を想像して、ゾッとしてしまった。

「みんな、何かの余興かって大騒ぎだったよ。後で捻挫したんだって聞いて、なるほどとは思ったけど。鷹野はラッキーな奴だって、俺達は噂してたんだ」

うーん。それがラッキーなことなのかな。捻挫した奴を抱っこして運ぶのがさ。しかも、そいつにずっとつきまとわれたんだから、先輩にとっては実はとってもアンラッキーな出来事だったかもしれない。

とはいえ、予餞会のことも捻挫のことも、まして先輩に抱っこされて退場した思い出もないので、なんだか他人事《ひとごと》って感じなんだけどね。

「鷹野は硬派に見えて、惚れっぽい奴だからな。あれから鷹野に迫られなかったか？　って、覚えてないのか……」

「先輩、そんな人には見えないんだけど……惚れっぽいんだ？」

ずいぶん真面目そうに見えるのに。それはちょっとショックだ。人は見かけによらないって、本当だったんだ。

「先輩は恋人がいるって言ってたから、オレには迫らなかったんじゃないかな。でも、なんかオレ、先輩の恋路の邪魔をしてたみたいでさ」

「ああ、恋人のいる奴のところに押しかけてたらしいって言ってたな。それが鷹野なのか？」

オレは頷いた。

「記憶を失う前のオレが何を考えて、そんなことしてたのか、よく判らないけど……。オレはそんなオレが嫌だよ。先輩に憧れてて、先輩とその恋人の仲を嫉妬して、邪魔してたみたいでさ。もしかして、オレって、先輩のこと好きだったのかなとか思ったりして」

オレは悩んでいたことを義典さんに打ち明けた。

伝説の人と言われる義典さんなんだ。ひょっとしたら、義典さんなら、解決方法を教えてくれるんじゃないかと思ったんだ。もし解決できないとしても、義典さんはオレの言うことをそのまま受け止めてくれるんじゃないかって気がした。

大きな問題も、角度を変えて見てみれば、小さな問題になることもあるって言ったから。だったら、オレの問題も、義典さんが小さくしてくれるかもしれない。

義典さんはオレの髪をそっと撫でた。

「俺にももちろん記憶をなくす前の由也が、何を考えてそんなことしていたかって、判らないよ。だけど、そういうふうに物事を考える由也は、きっと嫌な奴じゃなかったと思う。もし、本当に鷹野と恋人の仲を邪魔していたんなら、理由があってのことじゃないか？　実は鷹野と付き合ってる奴の本性がものすごく悪いとかさ」

なるほど。鷹野先輩は気づかないけど、オレだけが知ってるとか。それとも、鷹野先輩は断れなくて付き合ってるけど、本当は嫌な奴だから、オレが横から邪魔してるとか。

「やっぱり義典さんって、大きな問題を小さくする名人なんだね」

オレがそう言うと、義典さんはクスッと笑った。

「少し気が楽になった？」

「うん。記憶がなくたって、他は別にそんなに困ってないんだけど、それだけがどうしても気になって。この七ヵ月間のオレがそんな嫌な奴だったなんて、ショックだったからさ」

自分が考えているほど、そんなに深刻な問題じゃなかったんだと思うと、なんだか恥ずかしくなって、照れ笑いをする。

「不思議だな……」

突然、義典さんはポツンとそう言った。

「えっ、何が？」

「由也がものすごく可愛く思えてくる」

「それはさっきも聞いたよ」

女みたいって言うんだろう？　そんなこと、何度も言わなくてもいいじゃないかと思う。

「そうじゃなくて。由也の真面目に考えるところが可愛いなあと思ったんだ」

「変なの。それに、オレって、真面目かなあ？」

「真面目だよ。でも、俺はそういうのが好きだな」

義典さんがオレに顔を近づけてきたと思ったら、唇に何かが触れていた。

もしかして……キス？

オレがそのまま固まっていると、義典さんはほんの少しの間、唇を押しつけていたけど、すぐに離した。

「あの……今の……」

オレはなんと言っていいか判らず、口ごもる。

「初めてだった？」

優しい声で訊かれて、思わず頷く。

「あ、でも、判らない。たぶん、そうだと思うけど」

何しろ、記憶が欠落してるわけだから、その間にキスを経験しなかったという保証はない。ただ、今のオレには初めての経験なんだ。

「初めてだったらいいな。俺以外の誰かと由也がキスしたなんて、嫉妬してしまうから」

そんなこと急に言われても、困ってしまう。

「あの…さ。義典さんは大学生なわけだし、周りに綺麗な女の人だって、いっぱいいるよね？」

「ああ、いるね。合コンだってやるし、これでもちゃんと女と付き合ってた時期もあったよ」

「なのに、なんで今更……」

「人を好きになるのに、理由も何もないと思う。まあ、強《し》いて言えば、俺も天堂高校の出身者だったんだねえってところか。今更って言えば今更だけど。俺は高校時代、男と付き合ったことはないからね」

改めて、オレは隣にいる義典さんの顔を見上げた。

義典さんはオレの顔を見て、にっこり笑う。

「俺って、いい男だろ？」

思わず吹き出してしまう。

「自分で言うなよ」

「いや、由也があんまり俺の顔を見とれてるから、これは俺に惚れたなと思ってさ」

「別に見とれてたわけじゃないよ。ただ、見てただけだ」

でも、深刻に好きだと告白されても困るわけで、こういうふうに茶化してもらえると、正直言って助かる気分だ。

「というわけで、由也。俺と付き合わない？」

「オレ、男と付き合う気はないんだよ」

「まあ、そう言わずに。今のキスはついやってしまったけど、由也の許可なしに変なことはしないから。トモダチ感覚で付き合ってくれたらいいんだ」

だいたい、義典さんは、オレをドライブに誘ったときも、変なことはしないって言わなかったかな。とはいえ、そんな『変なこと』をされる自分というのも、想像つかなかった。

付き合わないと突っぱねるのは簡単だ。でも、義典さんには興味があるし、もっと深く知りたかった。もちろん恋人になりたい気持ちはないけど、オレの気持ちを魔法のように軽くしてくれた義典さんとは離れがたかった。

「変なことしないなら……いいよ」

その返事を聞いて、義典さんはいきなりオレをガバッと抱きしめた。

「おい、ちょっと……。変なことはしないって言ったじゃないか」

「ああ、ごめんごめん。つい嬉しくて」

義典さんはオレを離すと、ニコニコ顔を向けてきた。とんでもなく上機嫌で、そんなにオレが付き合うって言ったことが嬉しいのかって思うと、なんだか照れる。

それにしても、いつも『つい』で、抱きしめられたりキスされたら困るんだけど。

「本当に何もしないいんだよね？」

「しない、しない。由也がしてもいいって言ったら、するけどね」

「……言わないよ」

そんな日が来るとは実際思わない。オレはこんな顔をしていても男だし、男と恋愛なんかする気はないんだ。もちろん、身体の関係だけってのは問題外だ。

「じゃあ、もっとドライブをしよう。おいで」

義典さんは堤防から飛び降りると、オレに手を差し出した。

もしかして、その手に掴まれって言ってるのかな。冗談じゃないぞ。女じゃあるまいし。

オレは自分で飛び降りた。義典さんは目を丸くして、やがて笑った。そして、差し出した手を自分で叩いた。

「ごめん。気にしないでくれると嬉しいけど」

「気にするって言ったら？」

「何度でも謝るよ。由也の気が済むまで」

オレは義典さんの手をパチッと叩いた。

「これでチャラにしておいてやるよ」

「サンキュー」

義典さんは上機嫌で車に乗り込んだ。

「これから、どこに行くの?」

オレはシートベルトをつけながら尋ねた。

「うーん。とりあえず、腹空かない? おごるから、どこかに食べに行こうよ」

「気前いいんだね」

「まあ、さっきのお詫《わ》びもあるし、これから俺達が付き合うとしたら、今日が初デートなわけだからさ。やっぱり張り切るよ」

義典さんって、意外とロマンティストなのかもしれない。そう思いながら、オレはどんどん義典さんのペースにはまってるような気がして、ちょっと怖かった。

でも、義典さんはオレを自分のペースにはめようなんて思ってなくて、ただ自分がマイペースなだけのようだった。

ということは、引きずられるオレのほうに問題アリってことだよな。だいたい、オレって、あんまり自主性がないよな。そのわりに、頑固なところもあるし……。

「由也が今、何を考えてるか判らないけど、リラックスしたほうがいいな」

義典さんにそう言われて、オレは自分がいろいろとまた考え事をしていたことに気づいた。

うーん。やっぱり義典さんって、伝説の人だよね。

オレは改めてそう思った。

ただ……。

堤防の上でキスをされたとき、前にも同じようなことがあったような感じがしたのが、ちょっとだけ気になるんだけど。

いや、どうせ、そんなのは気のせいだ。

オレは誰ともキスしたことなんかないんだから。たぶん。きっと。


夜、変な夢を見た。

誰かとキスしている夢だ。

でも、触れるだけのキスじゃないんだ。舌が口の中まで入ってくるキスで、オレは身体の力を抜いて、それを受け止めていたんだ。

オレはベッドに寝ていて、誰かに覆《おお》いかぶさられている感じがする。

相手はがっしりとした体格をしていた。誰だろう。義典さんなのかな。よく判らないけど、相手が男だってのは確かだ。よく判らないけど、女だったら、こんなにたくましい胸板をしてないと思うからだ。

でも、こんなキス、経験ないはずなのに、オレはどうして当たり前みたいにキスをしてるんだろう。相手の舌がオレの舌に絡んでくる。だけど、それが嫌でもないいんだ。

唾液だって混じり合ってる。それでも平気でオレはキスしていた。

唇がちょっと離される。

「由也……」

低い声がオレを呼ぶ。

ドキンと心臓が跳ね上がったような気がした。

誰の声なんだろう。聞いたことがあるけど、思い出せない。相手の息遣いが聞こえる。それがとてもセクシーに聞こえて、オレはドキドキしてしまった。

耳朶《みみたぶ》にキスをされる。

そして、耳の下にキスされ、やがて、唇が首筋へと下りていく。

「あ……」

オレは身体をビクンと震わせた。

でも、この経験は初めてじゃない。そう思った。いつものことだ。いつもしていることなんだ。

オレは相手の顔を見ようと思った。だけど、オレの首筋に唇を這わせているから、どうしても相手の顔が見えないいんだ。

着ていたTシャツの裾《すそ》をまくり上げられ、胸にもキスをされる。だけど、やっぱり嫌じゃないんだ。それどころか、すごく気持ちいいよ。

感じてる……みたいなんだ。

オレの口から熱い吐息みたいな声が洩《も》れる。

変なの。オレ、男同士なのにエッチしてるよ。

「由也……感じるか？」

声の主は甘く囁いた。

「先輩……オレ……」

えっ、先輩って……。

オレは自分が言った単語にビックリする。

先輩って、もしかして、鷹野先輩なのか？　オレにキスしているのは。

相手はオレの胸から顔を上げる。オレは何故だか霞がかかったような視界の中で、一生懸命、目を凝《こ》らす。

「鷹野先輩……？」

オレは手探りで相手の顔に触る。髪から額《ひたい》、頬《ほお》に鼻、そして唇。

判らない。オレと今、ベッドで触れ合っているのは鷹野先輩なんだろうか。

「由也は俺が誰だか判らないのか？」

相手はちょっと不満そうな声を出した。

ああ、やっぱり、鷹野先輩の声だ。

そう思ったら、やっと視界が開けてきて、オレは目の前に鷹野先輩の顔を見つけた。

「先輩、オレ達、どうしてこんなことしてるんだろう?」

先輩はオレの目の前で微笑んだ。

というか、微笑むだけで答えてくれなかった。

「先輩、どうして……」

オレはそれ以上、訊けなかった。何故なら、再び唇を塞がれていたからだ。さっきよりも激しく、息もつけないほどに唇が貪られる。

オレはハッとした。

身体が反応してる。

そんなの、嘘だ。男とキスして感じるなんて。

そんなこと、あり得ない。しかも、鷹野先輩とキスをして……。

そうだ。先輩には恋人がいたはずなんだ。だから、こんなことしちゃダメだ。浮気になるじゃないか。

「せんぱ…いっ……」

オレは必死で先輩の胸を押した。だけど、先輩の胸はまったく動かなくて……。

どうしよう。

オレは先輩とエッチなんかしたくないんだからあっ。

そう思ってるうちに、オレの耳に何か電子音みたいなのが聞こえてきた。それは規則的で、やがて大きな音となっていく。

これって……。

オレはパッと目が覚めた。

いつものオレの部屋だ。カーテンの向こうはもう明るくなっていて、ベッドの傍に置いている目覚ましが鳴っている。オレはだるい身体を起こして、目覚ましを止めた。

まだドキドキしている。

なんて夢を見たんだろう。よりによって、鷹野先輩とキスだのエッチだのをしている夢なんて。

オレって、やっぱり先輩にその手の気持ちを抱いていたのかな。先輩が好きで、キスしたいとか、抱かれたいとか思っていたんだろうか。

なんか信じられないけどさ。

オレは自分の唇にそっと触れた。

やけにリアルな夢だった。まるで経験したことがあるみたいに。たぶん、義典さんとキスしたから、そういうので、こんな夢を見ちゃったんだよ。

オレってば……。

思い返すと、赤面してしまう。オレが女の子みたいにベッドに押し倒されてたんだ。それがもし、オレの願望とかだったら、たまらないよ。

オレって、先輩の恋人になりたかったんだろうか。

オレはふーっと重い溜息をついた。

本当にそんな考えで、オレは先輩とその恋人との仲を邪魔しまくっていたなら、オレは自分自身が許せないよ。

しかも、こんな夢を見るなんて、先輩と合わせる顔がないっていうか……。

もちろん、夢は勝手に見てしまうもんで、オレが見たくて見たわけじゃない。でも、やっぱりオレの願望のような気がする。いや、根拠は全然ないけど。

どうしよう。もし、ホントのホントに、オレが鷹野先輩にそういう気持ちを抱いていたとしたら。

オレはふと思いついて、深呼吸をした。

ちょっと落ち着こう。義典さんなら、この問題をどんなふうに解決するんだろう。

えーと……。

もしそうだとしても、先輩はオレをバイクの後ろなんかに乗せてくれていたんだ。ってことは、別に嫌われていたわけでも、鬱陶《うっとう》しいとも思われていたわけじゃないんだ。

だったら、オレは二人の邪魔をしながらも、先輩に自分の想いみたいなものを気取《けど》らせなかったってことじゃないか。

つまり、先輩はオレの気持ちに気づいてなかったってことだ。

いや、もしオレが先輩を好きだったとしての話だけど。

だったら、オレはこれからも隠していけばいいんだ。幸い、オレは記憶がないんだし、先輩のことも覚えてないいんだから、ちょうどいいじゃないか。

オレはただの後輩だ。先輩の可愛い後輩でずっといたいよ。そうすれば、先輩とずっと仲良くしていられるんだから。

先輩に嫌われたり、軽蔑されるのだけは嫌だ。

オレは先輩の顔が嫌悪に歪むのを想像した。

ブルブルと首を横に振る。

そんなの、絶対嫌だから。

オレは夢の中の出来事を自分の心の中に封印することにした。そして、先輩とも、そんなに関わらないようにしよう。

近づきすぎたら、記憶が戻ってしまう。戻って、片想いのつらい気持ちになるくらいなら、いっそ思い出さないほうがいいよ。

ああ、オレは先輩のことを忘れたくて、記憶を失ってしまったのかもしれない。だから、先輩の出会いの日から今までのことをすべて忘れて去ってしまったんだ。

それが真実なのかどうかは判らない。でも、なんだかそれが正解のような気がした。それだと七ヵ月というハンパな記憶がなくなったのも、辻褄《つじつま》が合うじゃないか。

だとしたら、オレはこのまま記憶を取り戻すべきじゃないのかもね。忘れたのは理由があるからだ。忘れたいという思いがそうさせたんだから。

オレはのろのろとベッドから起き上がった。

部屋の壁に鏡がかけてある。覗くと、髪がボサボサで、頼りなげな顔をしたオレがいた。

いけないよなあ。こんな顔してちゃ、誰だって心配するよ。オレのこういうところを優しい先輩は気にして、いつも恋人がいるのにオレをバイクに乗せたりしていたのかもしれない。

明良があんなに泣きそうな顔をしてオレに付きまとっていたのも、オレがフラフラしていたから……いや、ひょっとして、明良はオレの気持ちを知っていたとか。だから、『オレの親友の明良』はあれこれと先輩とオレの関係について気遣ってくれていたのかもしれなかった。

そう思うと、明良に冷たくしたことに対して、急に後悔の念が湧き起こってきた。

今日、学校に行ったら、もっと明良と話をしてみよう。記憶がないから、いきなり親友のようには振る舞えないけど、もう一度仲良くなることだってできるはずだ。だって、一度は仲良くなっていたはずなんだから。

そして……。

先輩のことは忘れるんだよ。過剰《かじょう》には近づかない。それが一番いいよ。

オレは鏡の中の自分に拳を叩き込む真似をした。もちろん、実際に叩き込んだら、怪我をするからしない。オレは喧嘩をするタイプでもないから、痛みには弱いしね。

オレは気分を変えて、身支度を始める。

それから、元気なふりをして家を出た。


学校に着くと、昨日は遅刻していた明良が今日は早く来ていた。

目が合うと、子犬が駆け寄ってくるような感じで、オレのほうに寄ってくる。ホントに、先輩の恋人が明良なら、オレは何だかんだと思い煩《わずら》わずに済んだのにな。明良だったら可愛いし、先輩とはお似合いだと思う。それに、きっとオレだって、明良を押しのけて、先輩と仲良しになろうとは思わなかったんじゃないかな。

でも、明良はあの元風紀委員長と付き合ってるんだよなあ。あの人の魅力はオレには全然判らないけど、あんなに仲良さそうだから、明良にとっては先輩よりいい人なんだろう。

「あの、由也……」

明良は昨日オレが冷たくしたせいか、何か言いにくそうにしている。オレは明良と元の親友のようになろうと決心していたから、ニコッと笑ってみせた。

「おはよう、明良」

途端に、明良はひまわりみたいな笑顔を見せた。

うーん。こういうところがアイドルって言われるゆえんみたいなものかな。こんな可愛い表情するなら、みんなが可愛がりたくなっても不思議はないよ。

でも、ふと明良はその笑顔を曇らせた。

「あのさ、由也。オレ、やっぱりちゃんと言うべきなんだと思うんだよ。それが本当は由也のためなんだって、オレは思う。鷹野先輩はそうは思わないみたいだけど」

そう言って、明良はオレの表情を窺《うかが》うような目をした。

言うべきなんだって、なんのことだろう。昨日言いかけたことだろうか。それはオレの記憶絡みのことだよな。

オレはちょっと眉をひそめてしまったが、明良と仲良くしようと思った以上、昨日みたいに逃げてしまうわけにはいかない。もちろん、明良の言葉を遮って、違う話をするのもダメだってことだ。

「昨日、由也が帰った後、鷹野先輩はやっぱり教室に来たんだ。だから、由也が上崎先輩って人の車に乗ってしまったことを言ったよ」

オレは昨日の光景を思い出して、ちょっと胸が痛んだ。泣きそうだった明良を置き去りにしてしまったことを、オレは悪いと思ってるんだ。

それに……。

みんなが義典さんとオレがドライブすることに対して、妙な難色を示していたことを思い出すと、意地を張って、結局ドライブなんかに行ってしまって、ちょっと悪かったと思うからだ。確かに、そんなの、オレの勝手だろうっていう気持ちもあるけど、あれだけみんなが何かこだわっていたのは理由があるからだ。いくら記憶をなくしてたって判る。もちろん、その理由についてまでは推察できないんだけどさ。

そういえば、オレは義典さんと付き合うことになったんだった。実感湧かないから、あまり気にしてなかったが、もしかしたらマズイだろうか。人の顔色を窺うみたいで、そういうふうに考えるのは嫌だけど、ちょっとは気になる。

でも、先輩は、義典さんはいい人だって言ってたしなあ。だったら、何も問題ないと思うんだ。ていうか、一体、何が問題なんだろう。

「鷹野先輩が自分に任せてくれって言ったから、オレは口を出すべきじゃないのかもしれないって思った。これは二人の問題なんだからって。でも……由也は何も判らないままでいいのかな。オレはそうじゃないって思う」

明良は何か決心したようにオレの目を見据えた。

いつもは可愛いだけの顔が、今はずいぶんしっかりしてるように思える。明良って、こんな奴だったっけ。思い出せない部分はともかくとして、オレのイメージは、ただ可愛いだけだったんだけど。

「由也はどう思う？　由也がどうしても知りたくないなら、オレは言うのをやめるけど？」

明良はオレに決断を迫っていた。

オレには、明良が何を言いたいのか、よく判らない。もちろん、それはオレの記憶に関することで、たぶん鷹野先輩と関わりがあることなんだっていうことは判る。

それを知りたいのか、知りたくないのか、明良ははっきりしろとオレに言ってるんだ。

「オレは……」

知りたくないと思ってた。鷹野先輩とのことを聞いたら、オレは自分の嫌なところを見せつけられるような気がしていたからだ。

でも……。

明良がこんなに真剣な目をしているなら、聞いたほうがいいのかもしれないとも思う。いくら目を伏せていても、事実は変わらないんだ。だったら、現実を直視したほうがいいのかもしれなかった。

スッと息を吸い込んで、吐く。明良の目を見ながら、オレは口を開いた。

「オレ、やっぱり……」

そのとき、窓際にいた奴から声がかけられる。

「由也！　お客さんだぞ」

振り向くと、廊下の窓の向こうに鷹野先輩がいた。

ドキンとする。

それが、どういう種類のドキンなのか、ちょっと判別つかなかったけど。いずれにしても、今、オレは鷹野先輩とは顔を合わせたくなかったんだ。

とはいえ、先輩と目が合った以上、今更、居留守を使うわけにもいかない。

「ごめん、明良。また……」

「うん。由也にとっては、オレより、先輩の話のほうが大事だよ」

そういうものなんだろうか。まあ、明良の話も、先輩と関係した話だったわけだから、そういう結論になるんだろうけどさ。

オレはかなり仕方なく廊下に出た。

「えーと、先輩……」

オレは先輩の傍まで行って、そっと顔を上げた。

「由也、おはよう」

先輩はオレにうっすらと微笑みかけてくれた。

同時に、オレの胸が勝手に高鳴った。

やっぱりオレは先輩のことが好きなのかな。でなきゃ、どうしてこんなに顔を見ただけで、ドキッとするのか説明がつかない。

記憶はないのに……先輩とのことは全部忘れてるのに、まるでオレの胸は先輩を覚えているみたいだった。

「話がある。屋上までいいか？」

わざわざ屋上まで行って話すってことは、何か重要な話だってことだろうか。それこそ、明良が自分の話より大事だって言うくらいの。

ドキドキしながら、オレは頷いた。

だって、ここで逃げても仕方ない。明良の話を聞くと決めたのなら、先輩の話を聞いたところで、同じことだ。

先輩はオレの肩に手を回した。

えっ……？

ビックリして、オレは先輩の顔を見上げた。単なる後輩に手を回すのとはまた違った感じで、何だか恋人の肩を抱くような手の回し方だったんだ。

でも、先輩はオレが驚いたのに気づきながらも、手を離さなかった。だから、オレも何も言えなかったんだ。

オレはそうやって鷹野先輩に肩を抱かれるようにしながら、屋上へと向かった。

屋上には人はいなかった。いや、人がいないから、先輩はここに連れてきたんだろうけどね。

先輩はやっとオレの肩から手を離し、オレと向かい合った。

じっと見つめられて、オレは目を離せなくなる。鋭い視線じゃなかったけど、あまりに真剣な眼差しだったから、目を逸《そ》らせなかったんだ。

本当は……目を逸らしたい。義典さんとドライブしたことを咎められたところで、別にドライブに行かないと約束したわけでもないし、だいたい、それを咎める権利は先輩にないはずだ。だけど、何となくオレは後ろめたかった。

「昨日、明良から由也が上崎先輩の車に乗ったと聞いた」

やっぱり話題はそれなのか。

オレは思い切って、口を開いた。

「確かに乗ったよ。でも、別に乗ったっていいだろう？　先輩には関係ないと思うし」

先輩の目がわずかに見開かれる。

関係ないなんて、言い過ぎだろうか。でも、そうじゃないんだろうか。先輩にとっても、オレは邪魔なだけの後輩なんだし、オレが義典さんと付き合うことで厄介払いができるなら、それでいいじゃないかと思う。

「俺は……明良にそれを聞いて、昨夜、上崎先輩に会いにいった」

鷹野先輩はゆっくりとそう言った。まるで、自分の中の何かの感情を抑えるみたいに。

「そんな……。別にオレが義典さんとドライブしたっていいじゃないか。どうしてわざわざ会いに……」

オレは理解できなかった。どうして、そこまで先輩はオレの邪魔をするんだろう。義典さんは立派な人だと言いながら、ドライブすらしちゃいけないなんて。

「由也は上崎先輩と付き合うつもりなのか？」

いきなり直球を投げられて、オレは一瞬怯《ひる》んだ。

たぶん、義典さんが鷹野先輩にそう言ったんだ。自分と由也は付き合うことにしたって。

先輩はまっすぐにオレの目を見つめている。嘘やごまかしなんか許さないといった目つきで、オレを見るんだ。

「義典さんがオレと付き合いたいって……変なことはしないからって言ったんだ。オレは男なんかと付き合うつもりはなかったけど、義典さんならいいかと思った」

オレは正直なところを答えた。

先輩の瞳が揺らいだ。オレをまっすぐに見つめていたはずの目が逸らされたんだ。

「記憶をなくす前の由也は何かで悩んでいたようだった。俺がいくら訊いても由也は自分の悩みを打ち明けてくれなかった……」

それはそうだろう。オレが先輩に横恋慕《よこれんぼ》していて、先輩の恋人に嫉妬していたなんて、言えるはずもないよ。

「俺は知らずに由也を傷つけていたのかもしれない。だから、おまえは俺と知り合ったときからの記憶をなくしたのかもしれないな」

先輩は沈痛な表情でそう言った。

「そうじゃないと思う。オレのほうがきっと先輩のことを傷つけてたんじゃないかな。先輩に迷惑をかけてばかりいて……だからオレはそんな自分が嫌になったんだよ」

先輩はハッとしたようにオレに顔を向けた。

「記憶、少しは戻ったのか？」

オレはゆっくり首を横に振った。

「ただの想像。でも、オレはそれが真実だと思うんだ」

先輩の目がガックリしたように伏せられた。

「俺は由也に傷つけられてなんかいない。傷つけていたのは、たぶん俺のほうだ。由也を悲しませていたのは、いつも俺のほうだった」

オレと先輩の間には、何があったんだろう。オレが想像してる以外のことがあったんだろうか。オレが傷ついていたって……。オレが悲しんでたって……。

「上崎先輩は俺みたいに由也を傷つけたりしないだろう。俺よりも心が広くて、きっと由也を包んでくれるはずだ」

なんだか先輩は深刻に受け止めすぎてるんじゃないかとオレは思った。

「別に包んでほしいとかは思ってないよ。オレは女じゃないし。付き合うって言っても、ドライブしたり遊んだりする程度だよ。キスはしたけどね」

「キス……をしたのか？」

まじまじと見られて、オレは頬が熱くなるのを感じた。

男同士の恋愛なんか、この学校では日常茶飯事《さはんじ》だから、別にそう言っても、先輩はビックリしないと思ったんだけどな。だいたい、先輩だって、男の恋人がいるんだろうし、そんな驚いたような顔をしてオレを見ないでほしい。

「付き合うんだから、キスしたっていいだろう？　別に大したことないじゃないか。キスなんかさ」

昨日された、まるで事故みたいなキスを思い出す。

そうだ。夢の中で鷹野先輩としたキスに比べれば、あんなの、全然大したことないよ。

でも、先輩はなんだかすごく怖い顔をしていた。

「キスしたのか？　上崎先輩と……」

どうしてもそれが許せないことのように、先輩は言った。

「したよ。でも、それがどうかした？」

オレは精一杯、先輩の怖い顔に負けないように言った。実際、オレが誰とキスしようが、先輩には関係ないと思うからだ。

不意に、先輩はオレの腕を強い力で掴んで、引き寄せた。

「な……何をするんだよっ」

先輩はもがくオレをガバッと抱きしめた。

えっ……。

なんで、先輩がこんなことをするんだよ。まるで、オレが先輩の恋人みたいじゃないか。そんなわけはないのにさ。

「鷹野先輩……？」

「俺はおまえを手放したくない」

ドキンと鼓動が跳ね上がる。

何を言ってるんだ、先輩は。そんなこと言われたら、オレは誤解してしまう。オレが先輩を好きなのと同じくらい、先輩もオレのことを好きだなんて妄想をしてしまうじゃないか。

そうじゃない……。そんなことあるはずないじゃないか。

「由也は上崎先輩と付き合えば、幸せかもれない。だが、どうしても、俺は由也を先輩に渡したくないんだ……！」

こんな熱く抱擁されて、こんな激しい言葉を聞くなんて……。

こんなの、鷹野先輩らしくないよ。先輩はもっと落ち着いていて、もっと大人で……何より、オレにこんなことを言うはずはなかった。

たかが後輩だよ。ちょっと仲良くしてもらってるだけの。それなのに、まるで恋人を手放したくないというような素振りをするなんて、すごく変だった。

でも、オレは戸惑いながらも、なんだか嬉しかった。

先輩に抱きしめられて、オレは先輩の胸に顔を埋めてるんだ。胸が熱くなってしまって、やっぱりオレは先輩のことが好きなのかなって思った。

だけど、こんなことしてちゃいけないよね。先輩の恋人に悪いよ。

「先輩、離して」

オレは離れたくないのに、小さな声でそう言った。いっそ、その声が先輩に届かなければいいと思いながら。

「由也……」

オレの思いに反して、先輩は声を聞き届けてしまい、オレをそっと離した。

先輩はオレの両頬に手を当て、じっとオレの目を見つめる。

ドキドキしてくる。先輩の眼差しがとても熱いんだ。見つめられるだけで火傷《やけど》しそうなくらいに。

ダメだ。オレ、こんなふうに見つめられたら、おかしくなりそうだ。胸が高鳴って、息も苦しくなる。先輩のことを、もっともっと好きになってしまう。

「オレ、教室に帰るから……」

そう言って、先輩の手をすり抜けようとしたそのとき。

先輩はオレに顔を近づけてきた。

あっと思ったときには、唇が触れ合っていた。昨日の義典さんとの触れるだけのキスが頭に甦《よみがえ》ったけど、先輩のキスはああいう軽いものじゃなかった。

唇を強く押しつけられる。オレは動転していたけど、先輩とずっとキスしてるわけにもいかない。先輩の恋人に悪いじゃないか。

オレがもがいて離れようとすると、先輩は一層強く引き寄せる。挙句《あげく》の果てに、オレの口の中に舌を入れてきたんだ。

どうしよう……。

舌が絡め取られて、身動きもできない。いや、しようと思えばできるのかもしれないけど、オレはもう動けなかった。

柔らかく動く舌がオレに絡みついて、優しく愛撫する。

もう心臓はドキンドキンって大きな音を立てているよ。

誰かオレを助けてほしい。心臓が破裂しそうだ。息も止まってしまいそうなんだ。

まるでオレの夢の中の出来事みたいだ。先輩がオレにキスするなんて信じられないけど、なんだかこれには覚えがある。

ああ、もしかして、オレと先輩はこういう関係だったのかもしれない。キスして、それから先のことだってやっていたかもしれないよ。

でも、だったら、先輩の恋人はどうなるんだよ。オレは先輩の浮気の相手なんだろうか。オレが先輩を好きで追い掛け回していたから、先輩もオレにこういうことをするようになったんだろうか。

判らない……。

もう頭の中がグルグル回ってしまって、何もかも判らないよ。

やがて、唇が静かに離される。

目が合って、オレはパッと視線を逸らした。なんだか恥ずかしくて、顔を合わせられない。何故なのか判らないけど、頭がのぼせたようになって、動悸が激しくて……。

先輩がオレのことをどう思ってるか判らない。でも、オレは先輩のことを好きなんだって、はっきりと自覚してしまった。

「オレ達……いつもこんなことしてた？」

小さな声で訊くと、先輩の手がうつむくオレの顎を上げさせた。

まともに視線が合う。そして、いったん合ってしまうと、逸らすことはむずかしかった。

「ああ。そうだ」

先輩の声がオレの胸の中に染み透《とお》っていく。

記憶にないけど、身体が覚えてる。そして、オレの中の奥深くに眠ってる感情が先輩のことを……

先輩への気持ちを覚えてるんだ。

だけど、先輩の恋人は？　先輩には可愛い恋人がいたんじゃなかったのか？

オレはそれをどうしても口に出せなかった。先輩の浮気の相手がオレだって認めたくなかったし、先輩が浮気をするような人だとは思いたくなかった。

でも、確か、義典さんは先輩のことを惚れっぽいって言っていた。迫られなかったかって。オレは先輩のことがこんなに好きなんだから、たとえ浮気だって知っていても、迫られたら抵抗できなかったかもしれない。

先輩には、オレだけの先輩でいてほしいのに。

先輩の恋人って、誰なんだろう。それが知りたくもあり、知りたくもなかった。会えば、絶対に憎んでしまう。それだけは自信があった。オレのほうが本当はただの浮気なんだとしても、先輩にオレより好かれてる恋人がいるなんて、やっぱり嫌だった。

どうして、先輩はオレを忘れたままにさせてくれなかったんだろう。忘れていたほうが楽だったのに。

もしかして、オレと義典さんが付き合う約束をしたから？　キスしたって聞いたから？

先輩はどうしてもオレを手放せないって言ったよな。今までオレと先輩がこういう関係にあるだなんて先輩は言わなかったし、みんなにも口止めしていたみたいだった。ということは、先輩はオレが忘れたんだから、そのままにしておこうと本当は思ってたんじゃないかな。だけど、オレのことは義典さんに渡したくないって思ったんだ。

オレはそれをどういうふうに考えていいか判らなかった。

そこまで想われて嬉しいのか、それとも、ただの浮気でこういう泥沼な関係になったなら、いっそのことここで清算してもらったほうが、オレにとってはよかったんじゃないのかって。

先輩は本当にオレを苦しめてる。

記憶がなくても、それだけは確かだった。

「由也……」

先輩の指がオレの髪に触れる。

それだけで、ドキンと胸がまた一段と高鳴って、足が震え出す。

「俺は由也が好きだ」

熱い吐息のような囁きがオレの耳に届いた。

「だから、尊敬する上崎先輩といえども、俺は由也を渡すわけにはいかない。おまえの記憶がないのに、勝手なことを言ってると思われてもいい。由也は俺のものだ」

オレは眩暈がしてしまった。

すごく嬉しいのに、すごく切ない。

オレは先輩の言葉をどう捕えていいのか判らなかった。

オレは先輩のものなんだろうか。たとえ浮気でも……？　記憶をなくす以前のオレは、それでもよかったんだろうか。

先輩は改めてオレを引き寄せ、もう一度、唇を寄せる。オレはダメだと思いながらも、抵抗する気力もなく、目を閉じた。

学校の敷地にHRの始まりを告げるチャイムが鳴り響いた。

先輩は触れたばかりの唇をスッと離した。

「放課後、迎えにいく」

「あ……でも、オレ……」

別に予定なんかはなかったけど、このまま先輩に付き合ってもいいのかどうか迷ってしまい、素直に頷くことはできなかった。

先輩はオレの頬に手を触れ、少し微笑んで言った。

「由也、俺から逃げるな。俺も逃げないから」

オレはそんな先輩に逆らうことなんか、もうできなかった。


その日、オレはどうも態度がおかしかったらしくて、みんなにさんざん変な目で見られてしまった。もっとも、明良が『オレだけは判ってるよ』と言いたげな目つきをするから、余計に落ち着かなかったんだけどさ。

結局、明良はオレの親友という立場だったわけだし、しかも先輩の親友である藤島先輩の恋人なんだから、それこそ、なんでも知ってたんだろう。

オレは今でも自分が先輩とそういう仲だったなんて、信じられない。でも、先輩は確かにオレにキスしたんだ。キスして好きだって言ってくれた。

いや、待てよ。ひょっとしてキスだけの関係だったのかもしれない。

そうだ。何も、オレが夢で見たような関係だったとは、先輩も言ってないじゃないか。同じ浮気でも、キスだけなら罪は軽いかも。

いやいやっ、キスだけでも浮気は浮気だ。もしオレが先輩の恋人だったとして、先輩が他の奴にキスなんかしたら、絶対嫌だ。

あれっ。でも……。

もしかして、オレが先輩の恋人だったたってことはないのかな。

だって、オレはいつも先輩と一緒だったたんだろう？　母さんによると、よく先輩の家に遊びにいってたらしいし、キスもしていたわけだし、先輩はオレを抱きしめて好きだって言ってくれたんだし……。

先輩が恋人がいるのに浮気していて、その浮気の相手がオレだっていうより、ずっとマシな話なんじゃないだろうか。

でも……。

先輩は可愛い恋人だって言ってた。オレなんか可愛くもなんともないじゃん。だいたい、オレが恋人なら、別にみんなが隠すこともなかったんじゃないかと思う。

ていうことは、やっぱりオレは日陰の身で、しかもそれをみんな知ってたってことだろうか。

だとしたら、オレが義典さんとドライブに行くと言ったとき、みんながギョッとしたのも判る気がする。

オレが先輩の恋人だったらいいのに。もしそうなってくれるなら、オレはどんなことだってするのに。こういう考え方はマズイかもしれないけど、先輩がオレを手放したくないと思うのと同じように、オレは先輩と離れたくなかった。

先輩の恋人は本当は誰なんだろう。知りたい。けど、もしオレじゃなかったら……。

あの優しい笑顔なんかがオレのものじゃないなら、そんなこと知りたくなかった。

あのとき、キスされなければ、オレはまだ引っ込みがついた。先輩のことなんか忘れたままで、義典さんと付き合えたかもしれない。

だけど、先輩の腕に抱きしめられて、キスされた今となっては、もう先輩を手放したくない気持ちでいっぱいになっている。

オレは先輩のバイクの後ろに乗ってるとき、何を考えていたんだろうな。オレは事故と共に先輩のことを忘れてしまいたいくらいに、本当はつらかったんじゃないだろうか。

そして。

オレと先輩は、また泥沼に足を突っ込もうとしていたのかもしれなかった。


先輩は言ったとおりに放課後にオレを迎えに来た。

昨日みたいに先に帰ろうと思う間もなく、オレの教室に来て、約束を破るなんて絶対許さないというふうに、鋭い眼差しでオレを見つめた。

いくらなんでも、そんな目で見られると、ちょっと怖いかな。別に今日は逃げてないわけだし、もうちょっと優しい顔を見せてくれたっていいのにさ。

「えーと……先輩って、電車通学？」

オレは雰囲気改善のためにそう訊いてみた。

先輩の表情が少し柔らかくなる。雰囲気改善はちょっとくらい成功したのかな。

「いつもは自転車通学しているが、今日はどうしても由也と帰りたかったから電車で来た。バイクじゃさすがにマズイだろうしな」

事故を起こしたばかりで、バイクに乗りたくないのは当たり前のことかな。しかも、オレを乗せていたときに事故ったんだからさ。

「先輩の家って、チャリでどのくらい？」

「一時間かな」

ゲッ。一時間もの道のりを自転車通学していたのか。だけど、先輩の身体はこんなにがっしりしてるし、そういうハードな通学も平気なのかもしれなかった。

「明良が……よくオレと先輩は一緒に帰ってたって言ってたけど……」

「由也を自転車の後ろに乗せて、駅まで送るのが習慣だったな。ただそれだけのために、オレはよく由也に生徒会の手伝いをさせていた」

なんだかそんなことを聞くと、照れてしまう。やけに可愛い付き合いだったみたいでさ。

でも、そういう付き合いをしながら、先輩に別に恋人がいたとは考えにくいよな。ということは、やっぱりオレが恋人だったりして。

オレは自分の胸の中が熱くなっていくのを感じた。

けれども、恋人でなかったとしたら、オレはすごくダメージを受けることになる。だから、必要以上に、先輩にくっつくのも躊躇われた。

そうだ。今日は先輩が迎えに来たから、仕方なく一緒に帰るんだよ。それに、一緒に帰るくらい、大したことはないじゃないか。こんなの、ただの先輩後輩の間柄でも、そんなに不思議なことじゃないよ。

オレは無理やりそう思った。

オレは先輩が好き。先輩はオレのことを好きだって言ってくれた。それだけでいいじゃないか。これ以上、踏み込まないほうがいい。

恋人のことをはっきりさせたいのに、やっぱり、オレにはどうしても勇気が出なかった。本当のことを知ったら、傷ついてしまいそうだから。そして、本当のことを知って、なおかつ先輩から離れることができそうになかったからだ。

真実を知らない今なら、オレは先輩と一緒にいられる。

先輩はオレのことを恋人だと言わなかった代わりに、浮気の相手だとも言わなかったわけだから。

「由也、行こう」

先輩はオレを連れて歩き出した。

駅に着いて、オレは先輩がどっちの方向に帰るのかも知らなかったことに気がついた。

「先輩の家はどこ？　オレと一緒の電車？」

すると、先輩は少し困ったような表情をした。

「由也……。このまま俺の家に来てくれないか？」

「えっ。でも……」

いきなり遊びに来いって言われても、心の準備ができないよ。ていうか、そんなもの必要ないのかもしれないけど、オレはただ一緒に帰るだけと思っていたから、変にドキドキしてしまった。

「俺が電車通学のときは、いつも由也を連れて帰っていた。そうでなければ、わざわざ電車で来ない」

ああ、そういう習慣みたいなものが、二人の間にはあったのか。オレは覚えてないけどさ。

「じゃあ……ちょっとだけ」

先輩の家がどんな感じなのか、興味もあって、オレはそう言った。

行ってすぐ帰ればいい。何も長居をするわけじゃないんだから。

そう思って、オレは先輩の家へと向かった。

先輩の家はずいぶん大きなお屋敷で、オレはそれを見た途端、回れ右をして帰りたくなってしまった。

いや、なんだか怖いじゃん。こういう家に住んでる人って、意地悪そうな感じがするし。それが思いっきり偏見なんだってことは判ってるんだけどさ。

門扉《もんぴ》を開くと、庭に放し飼いになってるらしいシェパードが二頭もこちらを目指して駆けてくる。ビックリして立ちすくんだけど、別にオレに吠えたり、食いついたりもしなかった。それどころか、先輩だけじゃなくて、オレにも尻尾振って寄ってくるじゃないか。

ああ、そうか。オレはここに何度も来てたんだっけ。オレに覚えはなくても、シェパード達はちゃんとオレのことを知ってるんだ。

オレが屈んでシェパードの頭を撫でてやると、シェパードはペロペロとオレの顔を舐めてくれた。

「おいおい。俺の由也にキスをするなよ」

先輩は笑いながら、オレにまとわりつくシェパードの頭を撫でた。

『俺の由也』だって……。

さりげなくスゴイことを言われたような気がする。今までそんなこと言われたことがないから……いや、言われた記憶がないから、ドキドキしてくるよ。

先輩は立ち上がって、制服についてしまった犬の足跡を手で払った。

「由也、俺の部屋はこっちだ」

先輩は玄関ではなくて、離れみたいになっている所へ向かう。ここが先輩の部屋になってるんだろうか。

先輩の部屋は、完全に母屋から独立した形になっていて、出入りが自由になっている。それにしても、広い部屋だ。さすがに大きなお屋敷に住んでるだけあるよな。

オレは関心しながら、その広い部屋へと足を踏み入れた。

部屋の奥に大きなベッドがあって、普通の勉強部屋みたいに机だの本棚だのがある。手前にはソファがあったり、ミニキッチンみたいなのもついている。

「先輩、凄い部屋に住んでるんだね」

「そうだな」

先輩はそう言いながら、振り向いて、オレの手を引っ張った。

「えっ。何？」

先輩はオレを引っ張ったまま、ソファに腰を下ろす。だから、オレもその隣にちょこんと座ることになった。

「あ、あの……。せ、先輩の家族って何人？」

雰囲気が変な方向に流れていきそうな気がして、オレは焦って質問をしてみた。

「両親と弟と妹がいる。五人家族だな」

「ああ、そうなんだ？　オレはねえ、両親がいて、姉貴が二人いて……」

「お姉さんより美人だから妬まれてるんだろう？」

そんなこと、先輩に言ったかなあと思いつつ、頷いた。

「由也が初めてここに来たとき、そう言ったんだ」

なんだ、オレって、同じことしてたわけか。もしかしたら、記憶にないけど、初めてここに来たオレも、こんなふうに緊張してたんだろうなあと思った。

先輩は格好よすぎるよ。一緒にいたらドキドキしてくる。

そっと先輩の顔を盗み見ると、先輩はオレをじっと見つめていた。

それは優しいけど、熱い眼差しで、オレはどうしていいか判らなくなる。

先輩はオレとは、本気なの、浮気なのって訊きたい。でも、どうしてもそんな勇気は出ない。オレはあんまり見つめられるのが居心地悪くて、ぎこちなく視線を逸らそうとした。

「由也……」

肩を抱き寄せられる。

「あ……先輩、ちょっと…あの……」

これじゃまるでエッチを拒む女の子みたいだ。

嫌なら嫌だと言えばいい。でも、嫌じゃないんだ。先輩と触れ合うのは好きだ。だけど、自分がこのままどこへ行くのか判らなくて、不安になる。だから、触られたくない。

オレの気持ちはものすごく複雑だった。

先輩の身体の温もりが伝わってくる。そして、その体温がオレの身体の中を次第に侵食していくような気がした。

どうしよう。オレ、このまま無事に帰れないかもしれない。

先輩はオレの髪をいじっている。そんな仕草さえも、もうドキドキしてしまう。オレ、もうダメかもしれない。

「由也……。俺のことを思い出してほしい」

そんな無茶なことを先輩はいきなり言った。

「無理なことを言ってるのは判ってる。だが、どうしても、俺は……上崎先輩に由也を渡したくない」

先輩はそう言うと、オレをギュッと抱きしめた。

オレは先輩のことを好きだから、たとえ義典さんと付き合ったところで、こんな気持ちになるわけがない。確かにキスはしたが、あれは一瞬のキスだけで、変なことはしないという約束の上での付き合いなんだ。先輩が気にするような付き合いじゃないんだけどさ。

でも、オレは先輩が好きだって言えなかった。

言ったら、ますます深みにはまってしまう。それくらい、オレだって想像つくよ。もう後戻りができなくなるって判ってるのに、それは言えなかった。

オレは逃げる用意をいつもしてるんだ。ずるいとは思うけど、先輩が今はオレだけをこうして見つめてくれることに甘えたい。

今がすごく嬉しいから。

他の苦しいことは考えたくなかった。

不意に、先輩はオレの耳にキスをした。

「あっ……先輩っ」

いきなり耳にキスされるとは思わなくて、オレはドキンとする。身体だって、不自然に跳ねてしまって、まるでオレが感じてるみたいだった。

「嫌なのか？　由也？」

「い、嫌じゃないけど……」

でも困る、と言おうとしたのに、先輩は続けてオレの耳朶にキスをしたんだ。

「あの……ホントに」

困る、と言いたいのに、先輩はオレの耳にキスするのをやめてくれなかった。こんなことされていると、身体が勝手に熱くなってくる。こんなの、本当に困るのに。

「あ……っ」

耳から首筋へと唇が滑り降りる。おまけに徐々に身体がソファに倒されていくような気がするんだけど。

「先輩っ……」

助けを求めるように名前を呼んだら、先輩は顔を上げた。

まともにオレは先輩の切なげな眼差しを受けてしまった。

どうしよう……。こんな目をされたら、逃げられないじゃないか。このままじゃ、先輩の言いなりになってしまうよ。

「キスしていいか？」

先輩の低い声がオレの耳に響く。

いいわけない。ここでキスされたら、あの夢みたいなことになってしまうだろう。

でも、キスしたい。先輩とキスしたいんだ。それから、もっと触れ合いたい。オレのことをもっと知ってほしいし、先輩のことをもっと知りたい。

オレはその欲求の衝動を止められなかった。

かすかに頷くと、先輩の吐息が唇に触れた。そして、先輩の熱い唇がオレの唇を塞いだんだ。

先輩の身体と半分重なるような感じで、オレの身体はソファに押しつけられる。これじゃ、本当にオレと先輩は恋人同士みたいだ。

こんな格好で、キスしてる。しかも、舌が絡むディープキスだ。

なんだか眩暈がする。オレと先輩は後戻りができない。いや、たった一つ、キスだけでオレが帰れば、まだ引き返す余地はあるんだ。

でも……。

こんなふうに情熱的にキスされて、オレはもう帰れそうになかった。

先輩は屋上でキスしたときは、それほど本気なんじゃなかったんだと思う。それくらい、今のキスは桁《けた》違いにオレをおかしくさせていく。

たかがキスなのに。

先輩はこのキスだけに想いを込めたように深く口づけていた。

強く抱きしめられる。

先輩はオレを義典さんには渡したくないと言ったけど、今、その気持ちが伝わってくる。これが浮気だろうが、本気だろうが、それだけは確かなんだ。

オレは先輩のことをほとんど知らない。だけど、まるで何かに操《あやつ》られたかのように、オレはどんどん先輩に惹《ひ》かれていって、止まらなくなっている。

記憶はないのに。

オレの身体や頭が勝手に先輩を求めているんだ。オレはこれ以上、先輩に近づきたくないのに、オレの身体は言うことを聞いてくれなかった。

オレの頭の中では、オレと先輩が男同士だなんてことはもう吹っ飛んでいた。そんなこと関係ない。オレは先輩が好きだ。もうその感情だけで胸がいっぱいになる。

たとえ……。

そう。たとえ先輩に本命の相手がいたとしても。

オレは先輩が好きでたまらないんだよ。

身体が燃えるように熱くなる。もう止められなかった。

先輩の背中に恐る恐る手を回す。すると、先輩の腕はオレをもっと強く抱きしめた。

甘い衝動がオレの全身を貫く。

先輩ともっと触れ合いたい。もっとキスしたい。もっと……深く先輩のことが知りたい。

オレの胸の奥まで甘く溶かしていた唇がそっと離れた。

「由也……」

先輩の手がオレの大事なところに触れる。そこは恥ずかしいほどに硬くなっていて、先輩の想いに応えていた。

「先輩……オレ……」

どんなことを言っても、今は言い訳にしかならない。オレが先輩のキスに感じて、キス以上のことをしたがっていることは、オレの身体の変化で判ってしまう。

「由也をベッドに連れていっていいか？」

先輩はオレの心臓を直撃するようなことをいきなり訊いてきた。

「べ、ベッド？」

オレの心の準備もできてないのに、まさかそう来るとは思わなかった。でも、先輩は真剣な表情をしていて、冗談で訊いたわけでもなさそうだった。

「嫌か？」

オレの目を正面から見据えて、先輩はそう訊いた。

「先輩はずるい……」

「どうしてだ？」

先輩は少し困ったような顔をした。そりゃあ、先輩にしてみれば、わざわざキスしていいかとか、ベッドに連れていっていいかと訊いてるんだから、無理やりしてるわけでもないし、それでずるいなんて言われたら困るだろう。

でも、やっぱり先輩はずるい。

「先輩にそんな目をして訊かれたら、オレはとても嫌だって言えない」

「俺は別に由也にYESの答えを強要しているつもりはないが」

「強要してなくても、言えないんだよ。先輩に見られるとオレ……変な気持ちになってくるから」

「変な気持ちというのは、こういうことか？」

先輩はそう言って、オレの股間を撫でた。途端に、オレの身体はビクッと揺れた。

「わっ……その、急に触られると困るんだけど」

「どうして？」

「どうしてって言われても……オレにもよく判らない」

ただ、先輩の身体の下に組み敷かれて、こんなことをしていたら、もう取り返しのつかないことになるってことだけはよく判っていた。けれども、それが判っていながらも、オレは先輩を突き飛ばして帰るなんてことはできなかったんだ。

先輩はオレをベッドに連れていきたがってる。そこで何をされるかっていったら、やっぱり……アレだよな。キスの先の行為だ。

オレはどうしていいか判らなかった。

記憶をなくす以前に、オレと先輩はそこまで関係が進んでたんだろうか。先輩が当然のようにベッドに誘うところを見ると、そうなのかもしれない。だけど、オレはそういう経験そのものを忘れてるんだし、いくら先輩のキスに身体が反応していたとしても、すぐにそういう行為には及べないだろう。

先輩はオレの右手を取り、手首の内側にキスをした。

「あ……」

その仕草があまりに扇情《せんじょう》的でドキッとする。たかが手首の内側にキスされただけなのに、ドキドキしてくる。

それはきっと、オレが先輩のことを好きだから。

そして、記憶をなくす前のオレも先輩のことを好きだったからだ。

先輩は手首の内側からスッと肘まで唇を滑らせた。それから更に、上のほうへと唇を滑らせていき、そこにあった半袖をたくし上げた。

「先輩……!」

「どうしても嫌か?」

先輩は低く甘い声で訊いてくる。

本当に先輩はずるい。そんなことをされたら、オレの身体はますます興奮してくるだけなのに、それを判ってて、わざとするんだ。

先輩の顔が近づいてくる。

ああ、もう一回キスされたら、きっと最後だ。オレは抵抗できなくなる。たとえ先輩がオレのことをそれほど好きでなくても、オレは先輩の言いなりになってしまう。

「先輩……。オレと先輩、いつもこういうことしてた？」

「ああ。そうだ」

先輩はそう言って、オレの前髪を撫で上げる。そして、ふっと微笑むと、オレの額にキスをした。

その瞬間、オレは先輩の愛情みたいなものを感じた。同時に、自分の中に込み上げるような感情があるのに気づいた。

オレは感情の赴くままに先輩の背中に手を回して、ギュッと抱きしめていた。

「由也……」

ダメだ。先輩が誤解するじゃないか。今すぐ、この手を解《ほど》かなけりゃ。

でも、そう思いながらも、できなかった。

不思議だよ。オレの理性はストップを連呼してるのに、感情や身体は言うことを聞いてくれない。先輩の傍にいることを望んでいるんだ。

このまま突き進んでいくことが、オレは怖いのに。

マリオネットみたいに操られて、理性とは別のことをしてしまうオレが怖いのに。

先輩の指がオレのネクタイを解いていく。それから、シャツのボタンも外していった。オレの肌に先輩の手が触れる。オレは震えながらも、先輩がオレに触れるのを許していた。

だって、仕方ないじゃないか。

オレは先輩を止められないし、心の中ではすでに受け入れてしまっているんだから。

先輩の掌《てのひら》がオレの胸を撫でる。ビクンと身体が揺れてしまって、自分でもそんな反応をおかしいと思った。

でも、先輩はオレのことを笑ったりしなかった。先輩がどんな表情してるのかって確かめる余裕もなかったけど、少なくとも笑われてないことはなんとなく判る。

先輩は胸の突起を探り当てて、そこを撫でた。

途端に、電流が流れるような不思議な感覚がオレを支配した。

なんなんだよ、一体。オレって、そんなところが感じるわけ？

自分でも信じられないけど、先輩はそれを知っていて、きっとそこを撫でてるんだ。オレは自分の知らない自分と対峙《たいじ》しているような気がして、すごく変な気分だった。

「せ…んぱい……」

「なんだ？」

もう『嫌か？』って訊かないんだ。どう見ても嫌そうじゃないから、わざわざ訊かないんだよな。

オレはそう思いながら、先輩の顔を見つめた。目に力が入らなくて、まるで熱を出してる病人って感じの表情をしてるんじゃないかって、自分では思うんだけど、そういう自覚があっても、オレは普通の表情ができなかった。

それくらい、身体が熱いし、頭の中まで熱くてたまらなかったからだ。

「ベッドに……」

口に出すと、ものすごく恥ずかしい言葉だ。エッチしていいよって言ってるのと同じことだから。でも、オレの身体の変化はもう知られてるわけだし、これ以上、ここで意地を張っても仕方ないと思う。

オレはもう先輩に捕まってしまったんだ……。

先輩は嬉しそうな表情をして微笑んだ。

ああ、こんな表情が見られるなら、オレはもういいよ。先輩のものになったって、いいんだ。もしかしたら、後悔するかもしれないけど、今は先輩がしたいようにしてもらってもいい。

先輩はオレの唇にキスをした。

さっきのとはまた違うキスだ。先輩がオレを自分のものだと決めたみたいな強引なキスだった。オレの舌を絡め取って、激情のままに口づける。そして、オレはそれを完全に受け入れてしまっていた。

もうベッドでもソファでもいい。このまま先輩のものになりたい。

オレは先輩とのキスに夢中になっていた。

やがて先輩は唇を離して、オレの身体を起こそうとした。

「先輩……。オレ、もう立てない。ここでいいから……」

自分でベッドに行こうと誘ったくせに、不甲斐《ふがい》ないと思いながらも、身体にまったく力が入らない。先輩のキスでドロドロに溶けたみたいになって動くことすらできなかった。

先輩はクスッと笑って、オレをいきなり抱き上げた。

「あっ……ちょっと……」

「ちゃんと掴まれ」

慌てて先輩の首に手を回すと、オレはそのままベッドへと連れていかれる。まさか、こんなことをされるとは思っていなかったのでドキドキしてしまう。

こんなふうに先輩の力強い腕に抱かれたことがあるような気がする。記憶はないけど、身体が覚えているようだった。

静かにベッドに下ろされて、オレは改めて先輩の顔を見る。オレはもうメロメロな状態になってるのに、先輩はこんなときでもいつもと変わらない表情をしている。もちろんいつもよりは幾分柔らかい表情にはなってるけど、これからエッチするっていう欲望に逸《はや》ったところがないんだ。

ひょっとしたら、すごく我慢してるだけなのかもしれないけど、こんな先輩なら、オレの身体を預けても大丈夫かなと思う。

いや、いくらオレと先輩がどんなにエッチしていたとしても、記憶のないオレにとっては初めての体験だからだ。

オレは手を伸ばして、先輩の頬に触れた。

先輩のことが好きだという気持ちが止まらない。エッチしたがっていたのは先輩のほうだったはずなのに、いつの間にかオレのほうが先輩に触れたくて仕方なくなっていたんだ。

先輩はオレの手を外すと、シーツに押しつけた。そして、再びオレに覆い被《かぶ》さると、唇を奪う。

これは記憶を失ってから何度目のキスなのかな。もう判らないけど、キスされる度《たび》に、オレは気が遠くなっていった。

しかも、ベッドが柔らかいから、余計に頭の中がふわふわしてくるようだった。

先輩は唇を離すと、次にオレの首筋に顔を埋めた。

「あぁ……っ」

身体がビクビクと震える。たかが首にキスされただけなのに、快感がオレの全身をじわじわと侵《おか》していくみたいだった。

もうオレは先輩とエッチすることしか頭になかった。

これからどうなろうと、知ったことじゃない。どうなってもいいんだ。先輩がこうしてオレだけを見てくれるなら。

先輩の手が再び胸に触れる。手の動きに合わせるように、先輩はそこに唇を近づけた。

「せんぱ…いっ」

指で触れられただけで感じていたんだから、そんな場所にキスされればひとたまりもない。先輩はオレの身体がどんなにビクビク震えても、構わずそこに唇をつけ、舌で突起を刺激した。

身体の温度が一気に上昇したような気がした。唇にするキスとは違うし、触るだけとも違う。最終的なエッチにつながる愛撫だと思うからこそ、オレはひどく取り乱した。

「あ…あっ……っ」

頭を左右に振る。そうしないと我慢できそうになかった。自分でも何を我慢してるのか判らないけど、我慢しなければ、変な声がひっきりなしに出てしまいそうだったからだ。

今まで自分がそんなところを感じるなんて知らなかった。いや、記憶をなくす前のオレは知っていたんだろうけどさ。

今のオレには何もかも初めてのことだ。

こうしてベッドで誰かと触れ合うことも。

先輩は両方の乳首を丁寧《ていねい》に愛撫した後、いきなりオレのベルトに手を伸ばした。

「あ、あの……っ」

これから下も脱がされるのかと思ったら、つい先輩の手を自分の手で押えてしまった。

「心配ない。大丈夫だ」

どういう根拠で大丈夫だと言うのか判らないが、先輩はそう言うと、にっこり微笑んだ。

いや、オレだって、脱がなけりゃエッチができないってことは知っている。でも、それが判っていても、実際脱ぐとなると話は別だ。オレがとっくの昔に反応していることを先輩は知っているんだけど、それを目の前に晒《さら》すのはやっぱり嫌だっていうか、恥ずかしいっていうかね。

学校帰りに来たけど、まだ日は暮れてない。つまり部屋はまだ明るいんだよ。こんなに明るい場所で裸になるのかと思うと……。

「由也」

先輩はオレの手を取ると、自分の股間に触れさせる。先輩もオレと同じようにそこが熱く反応していた。

「俺も同じだ。気にすることはない」

「でも……」

これが最後の砦だと思う。脱いだら、オレに逃げるすべはない。もちろん、最後の最後でオレが嫌だと言ったら、先輩は我慢してくれるかもしれない。だけど、そんなことはとても言えそうになかった。

だって、先輩はこんなにオレを欲しがってるじゃないか。

でも、それを言ったら、今引き返すことだってできないんだ。だったら同じことだよな。

オレは自分でベルトに手をかけた。人に脱がされるよりは自分で脱いだほうがいい。そのほうが、オレ自身の決断だったんだって納得できるから。

先輩が見守る中、自分で脱ぐのも恥ずかしかった。たぶん普通の状態のときでも恥ずかしかったと思う。先輩の身体つきはとても男らしくて、オレなんかとは違う。そんな先輩の前で無防備な裸を見せるなんて、本当はしたくなかったんだ。

ズボンも下着もついでに靴下までも綺麗に脱いでしまうと、オレはシャツを羽織っただけの姿になる。

先輩にじっと見つめられて、なんだか急に恥ずかしくなって、思わずシャツを引っ張って隠そうとしてしまう。

「どうして隠すんだ？」

「そりゃあ、恥ずかしいからだよ……」

「俺は隅々《すみずみ》まで由也の身体を知っている。今更隠さなくてもいい」

「先輩は知ってても、オレは……初めてなんだよ」

だいたい、隅々まで知ってるなんて、口に出して言わないでほしい。そっちのほうが恥ずかしいじゃないか。

「そうだったか……。すまん。つい……」

先輩はちょっと困ったような顔をした。

確かに、そんなに恥ずかしがられていても困るだろう。これから本番エッチに臨むのに、見ちゃダメと言ってるんだから。

「俺は目をつぶるから。それでいいか？」

「えっ。目をつぶるの？」

もっと先輩は強硬手段に訴えるのかと思ったが、意外に消極的に折り合いをつけてきたという感じだ。

「ああ。それだったら、平気だろう？」

「それはそうだけど」

でも、それでいいのかな。するほうが目を閉じてるなんて、変なエッチの仕方だ。いや、オレが見ないでほしいと駄々《だだ》をこねてるわけなんだけどさ。

先輩は目を閉じた。

「これでいいか？」

「うん……」

先輩は目を閉じたままにっこり笑うと、オレの身体に手を伸ばしてきた。

膝に手が触れる。先輩は手探り状態でオレの膝から太腿の裏側に手を回してきた。

「ちょっと……」

「大丈夫だ。ちゃんと目は閉じている」

いや、そうじゃなくてね。

見られてはないけど、このままだと手探りを理由にいろんなところに触られてしまいそうだった。

先輩にそういう意図がなかったとしても、結果的にそういうことになるような気がする。

かといって、目を開けていいとも言えないんだけど。

先輩は片方の太腿を撫でると、そこに唇を寄せていく。

「えっ……あの」

オレは焦ったけど、先輩はそのまま口づけてしまった。

身体が大げさなほどに揺れた。こんな微妙な位置にキスされたら、きっと誰でもオレみたいな反応をするんじゃないかな。それとも、オレだけがおかしいんだろうか。

先輩はそのまま唇を足の付け根のほうまで滑らせていく。

「あっ……」

オレは思わず腰をずらそうとしたけど、先輩の手に押し留められた。

「先輩っ……」

「心配ない。俺には見えない」

「そうだけど……でもっ」

先輩はオレの股間に触れた。手探りでぎこちなく俺の勃《た》ち上がってるそこに触れたんだ。

オレと先輩がこれからすることは、そんな触れる触れない程度で騒いでちゃできないことだってのは判ってる。だけど、オレにしてみれば、重要な問題だった。

先輩の手がオレのそこを軽く握って、上下に動かした。

濡れた音がして、それがとてもいやらしく聞こえる。というか、先輩は直接触ってるんだから、その部分が濡れてるのはもう判ってるはずだ。

自分がこんなに興奮してるんだって、不思議に思う。男と恋愛するなんて今まで考えられなかったし、まして、ベッドでこんなことするなんて……。

でも、オレは先輩が好きになって、先輩とエッチしたいって思ってる。だから、不思議だけど、これは当然の結果なんだ。

先輩は目を閉じたまま、手の中のものにも唇を寄せていく。

「先輩っ……そんなの嫌だ」

「どうしてだ?」

「あの……やっぱりそういうのって汚いと思うし」

「汚い? 俺はそうは思わないな。俺は由也が好きだから」

そうあっさり返されると困る。オレは今朝までオレと先輩がそういう関係であったことすら知らなかったのに、先輩は口でそこを愛撫するような行為を今からしようとしてるんだ。いや、これからすることに比べたら、それは些細《ささい》なことなんだろう。だけど、オレにはそんなに気軽にしていいよなんて言えなかった。

「困ったな」

先輩は低い声で呟《つぶや》いた。

そうだ。先輩にしてみれば、確かに困るだろう。せっかくこれからエッチしようというときに、相手が「あれはダメ、これはダメ」って言ってるんだから。

「由也に任せていたら、先に進まない。悪いが、俺の好きなようにさせてもらう」

「ええっ？　そんな勝手な……」

まさか先輩がそんなことを言い出すとは思ってもみなくて、オレは驚いた。先輩は絶対オレの意思を尊重してくれると思っていたのに。

「俺は由也が欲しい。今すぐにでも欲しいくらいなんだ」

そんなふうに言われると、ドキッとしてしまう。オレは先輩のそういう熱い気持ちが感じられる言葉に弱いみたいだ。

「そんなに……？　オレのこと欲しいんだ？」

「ああ。だが、もちろんおまえの身体だけが欲しいんじゃない。身体ごとおまえが欲しい。我慢ができないんだ」

我慢できないと言いながら、先輩はけっこう我慢をしていると思う。それはオレがグズグズしてるから。オレがいろんなことにこだわって、先輩の愛情を全面的に受け入れてないから。

今だって勝手にさせてもらうと言いながらも、先輩はオレの許しを待ってるみたいだった。

オレだって……。

先輩の手に握られてるそこがとっても切ないよ。本当はもっと刺激してほしいんだよ。それなのに、口でされるのは恥ずかしいとか、いろいろ思って、躊躇してしまってるんだ。

オレはゴクンと唾を飲み込んだ。

オレは先輩が好きなんだよ。他の誰が先輩の恋人であったとしても——先輩の本命がどこかにいたとしても、先輩のものになりたいと思うほどに。

「先輩……目を開けていいよ」

静かにそう言うと、先輩はゆっくりと目を開く。先輩の目の前に、すべてを曝《さら》け出したオレがいた。

すごく恥ずかしいよ。でも、もうオレは先輩から逃げないよ。記憶がないことを盾にしたりしない。

「オレも……先輩が好きだから、先輩の好きなようにしていいよ」

心臓がドキドキしている。こんな恥ずかしいセリフ、自分が言ってるなんて信じられない。けど、これはまぎれもない事実だった。

「ありがとう、由也」

先輩は優しい眼差しを向けて、そう言ってくれた。

そして、改めて手の中のものに唇を近づけていった。

「あ…あっ……」

想像もつかないような快感がオレを襲う。けれど、それはどこかで感じたことのあるような快感でもあった。

記憶にないのに、すごくそれが身体には馴染んでるんだ。不思議だけど。

手で刺激されただけでひどく感じていたそこは、口でされるとたやすく限界に近づいていく。

「せん…ぱい……っ」

今度はオレのほうがギュッと目をつぶった。そうでもしないと、気持ちよすぎて、それを我慢することなんかできそうになかったからだ。

不意に、足の間に何か異物を感じた。

先輩の手が太腿のもっと奥を探っているんだ。それもすごく慣れた手つきで。

先輩の指がオレの大事なところに触れた。

「あ……そこはっ……」

ダメと言いそうになって、その言葉を飲み込んだ。ダメと言われたら、先輩は困るだろう。一番用があるのはそこなんだろうし。

エッチするのには欠かせない場所だ。先輩が当然のように触るのも判る気がする。

それに、先輩の指で撫でられているうちに、オレもすごく変な気持ちになってきてしまった。やっぱり、オレはそういう経験があるんだろうな。頭が覚えてなくても、身体はしっかりと覚えているみたいだった。

指がオレの中に入ろうとしている。

ドキッとする。これから始まる行為の前触れみたいなもので、これを通過しないことには最終的なエッチなんかできないんだけど、オレとしてはやっぱりまだ抵抗がちょっとあった。

先輩はそれをなだめるように、前の部分への愛撫を激しくしてきた。

そんなにされると、オレ……。

オレは先輩が与えてくれる快感のみに集中してしまう。他のことはもう考えられないよ。気持ちがよくて、このままイッてしまいそう。

いや、このままイクわけにはいかないよ。先輩の口の中に出すなんて、とんでもないことだ。

「先輩……イキそう……」

弱々しい声で訴えた。でも、先輩は聞こえないのか離してくれない。

「先輩…っ……離してってば！」

切羽《せっぱ》つまってるんだから、もう離してほしい。そうしないと、本当にオレはイッてしまうよ。

先輩は口での愛撫をやめることはなかった。それどころか、問題の指をオレの中にとうとう入れてしまったんだ。

「あ…あぁ……っ」

途端に身体がピクピクと痙攣《けいれん》したように震えた。

指を入れられた衝撃で、とうとうイッてしまった。しかも、先輩の口の中に出しちゃった。どうしよう……。

でも、先輩は慌てず騒がずという感じで、すぐには唇を離さなかった。オレが全部出し終わるま

で待って、やっと唇を離した。

「先輩……。ごめんなさい」

「どうして謝るんだ？」

先輩は不思議そうに訊いた。

「えっ、だって、口の中なんかに出しちゃって……」

先輩はフッと微笑んだ。

「気にしないでいい。俺は由也が好きだから」

それで済む話なんだろうか。もしかして、そういうシーンがオレと先輩の間では、日常茶飯事だったってことなのか。

ひょっとして、オレも先輩のを口でしてあげてたりして。

ちょっと想像できないんだけど、先輩がしてくれてるのに、オレがしないってのも、なんだか悪いような気がする。もし、先輩の言うことが本当なら、オレもしていたのかもしれなかった。

なんだか照れるけどね。先輩は何度もオレのことを好きだって言ってくれるし。

ふと気づくと、先輩の指はまだオレの中にあった。他の刺激がなくなったから、その存在を余計に意識してしまう。

痛くはないけど、妙な感じがする。ゾクゾクしてくるような……寒いわけじゃなくて、快感に至る前段階って感じなんだよ。

先輩はそっとオレの中で指を動かした。

「あ……」

それはわずかな動きだったけれども、そこに集中していたから、むず痒《がゆ》いようなおかしな感じがした。

先輩は片方の手でオレの太腿を持ち上げ、指を挿入している部分を覗き込んだ。いくら目を開けてもいいよと言ったところで、まさかそんな場所をまじまじと見られるとは思ってなかったので、オレはドキドキしてしまう。

嫌だって言いたいけど、言えない。言ったら、先輩は困るだろうから。でも、本当はとても恥ずかしいんだってこと、先輩は判ってくれるだろうか。

指がゆっくりとそこに出し入れされる。その度にオレの中の敏感な部分が刺激されていく。

それは不思議な感覚だった。オレの内部で何かが蠢《うごめ》いていることも不思議だったけど、それ以上に、オレがそれで感じること、そして、それがどこかで経験したようにも思われることが不思議だったんだ。

いや、実際、経験したことあるんだろうけど。

「はぁ……ぁ……」

オレの口から喘《あえ》ぎ声みたいなのが飛び出した。

慌てて口を閉じたが、それでも鼻から抜けるような声がつい出てしまう。オレの意識に反して、身体は勝手に感じているみたいだった。

そんなところが感じるなんて。

信じられない。

次第に身体の奥から熱くなっていく。また火がついたみたいだ。前の部分が硬くなってきたし、何より指を挿入されてるそこがジンと痺れていた。

不思議だけど、これは事実だよ。オレは先輩に指を入れられて、感じてるんだ。

これは、たぶん指だけじゃなくても、OKってことかも。オレは自分の反応のよさに関して、頭だけは冷静にそう考えた。

いや、頭もあまり冷静じゃないかもしれない。だって、オレ、そこのことしか考えられないから。先輩とのエッチしか頭にないよ。

先輩は指をもう一本入れたみたいだった。さすがにちょっときついかな。と思ったら、先輩はそこに唇をつけた。

「えっ……あっ」

そんなところを舐めるなんて聞いてないって。ていうか、そこまでされるとはオレは思ってなかったんだ。

だけど、先輩は当たり前みたいにそこを舐めて、中まで舌を差し込んでしまいそうだった。

「中は……嫌…だから…っ」

オレは息も絶《た》え絶《だ》えになりながら言った。

舌を入れられてるのか、そうじゃないのか、二本も指を入れられてると判りにくい。ただ、先輩が舐めれば舐めるほど、唾液が潤滑油みたいになって、先輩の指がスムーズに動くんだ。

なんて恥ずかしいことをされてるんだろう。こんなことしないとエッチできないんなら、承諾しなきゃよかった。

とはいえ、もうOKしたんだから、今更ナシにしてとは言えない。

このまま刺激されていったら、オレはどうなるんだろう。一回イッたのに、もうこんなに反応しちゃって……。

身体が熱くなる。もう何がどうでもいいくらい。だんだん羞恥《しゅうち》心もなくなってきたような気がする。

どんなことをされても、ただ気持ちよければいいみたいに思ってしまうよ。

先輩はやがて指を引き抜いた。こんなに盛り上がってるときに急に刺激がなくなって、オレはまるでねだるように腰を揺らした。

「先輩……っ」

シーツの上でボンヤリとした頭を左右に振ると、髪がパサパサと音を立てた。

ふと、さっきまで指が埋められていた場所に何かがあてがわれる。ハッとして見ると、先輩がオレの中に入る用意をすでに済ませていた。

ドキッとする。

いよいよなんだと思ったら、もう動悸《どうき》が止まらない。

「力を抜いて」

「そんなこと言われても……」

どうやって力を抜いていいか判らない。これからされることを考えたら、自然に身体が緊張しても仕方ないじゃないか。

「由也の身体は慣れてるから、力を抜きさえすれば痛くない」

そうか。慣れてるのか……。

ショックのような、ありがたいような変な気分だ。でも、痛くないなら怖くないわけだ。と自分に暗示をかけてみる。

本当のことを言えば、そんなに大きいものが簡単に入るわけはないと思うんだけど。

先輩はオレがなんとか落ち着いてきた頃を見計らって、侵入を開始した。

意外に、スムーズに中に入っていく。先輩の言うとおり、慣れていたせいか、本当に痛くはなかった。

先輩は全部をオレの中に納めた後、改めてオレの顔を見た。オレはなんとなく先輩をじっと見つめていたから、バッチリ目が合ってしまう。

オレは思わず顔を腕で隠した。

「どうして顔を隠すんだ？」

「だって……。恥ずかしいじゃないか。先輩とオレがこんなエッチなことしてるなんて……」

先輩のことは好きだけど、先輩とオレの身体がつながってるなんて、考えただけでも赤面ものだ。しかも、先輩のアレがオレの中に入ってるんだよ。顔でも隠さなきゃ、平然とはしてられない。

先輩はクスッと笑った。

「可愛いな。もう何度もしてることなのに」

「先輩はそうかもしれないけど、オレは違うんだってば」

もうこれ以上、この件に関して突っ込まないでほしい。本当に先輩とこういう行為をしてると思うだけで恥ずかしくなってくるんだからさ。

「由也、動くぞ」

先輩はそう言って、緩《ゆる》やかに動いていく。

決して痛くはない。痛くないどころか、気持ちいい。オレが感じる部分を先輩が擦っていく感じがする。

「あ…あっ……あっ」

オレの喘ぎ声が部屋に響く。

指なんかより、ずっと感じるよ。たまらない。おかしくなりそう。

オレと先輩はずっとこんな行為を繰り返してきたんだろうか。オレの記憶にないところで。

先輩が好きだ。こうして触れ合っている今のほうが、前よりもずっと好きだ。

ねえ、先輩。オレはどうして先輩のことを忘れちゃったんだろうね。こんなに好きなのに、どうして忘れてしまったんだろう。

先輩はオレの股間に手を伸ばした。再び勃ち上がってるものに手を絡めた。ビクンと大きく身体が揺れ、先輩に感じていることを伝える。身体がつながっている以上、オレは先輩には何も隠すことができない。なんの秘密も持てなかった。

きっと、オレの頭の中が真っ白になってることも、先輩にはバレているよね。

先輩はオレのそこを愛撫しながら、オレの内部も刺激していく。オレは先輩の作り出すリズムに乗って、ただ流されていくだけだった。

「ああ……もう……っ」

我慢できないほど、身体が熱い。

オレは先輩に向かって手を伸ばした。先輩の腕に肩にしがみつく。そうすると、先輩の何もかもがオレの身体の中に染み入るような気がして、さらに強く引き寄せた。

先輩の手の中でオレが弾ける。

そして。

やがて、先輩はオレの奥で熱を放った。

「大丈夫か？」

オレが裸のままベッドでぐったりしていると、先輩はオレに冷たい水を持ってきてくれた。

「大丈夫かって……。先輩が大丈夫だって言ったのに」

それで大丈夫じゃなかったら、先輩、嘘つきじゃないか。

オレの抗議に、先輩は目を細めて微笑んだ。

「痛くはなかっただろう？」

オレがそういう素振りをしなかったから、先輩にはちゃんと判ってるんだ。オレはなんでも判ったふうの先輩がちょっと憎らしくなった。

「水なんかいらない」

わざとツンと横を向く。先輩は困ったように笑い、オレの上半身を起こした。そして、水を口に含むと、オレにキスをした。

冷たい水が口の中に流れ込む。

口移しなんて。やることがちょっと気障《きざ》だ。先輩って、こういう人だったっけ。

「由也がこうして俺の腕の中にいてくれることが、俺には何より嬉しい」

とどめの一発って感じだ。そんなことを言われたら、オレは先輩の腕の中にいつまでもいたくなってしまう。

先輩はオレがこんなに先輩のことを好きだなんて、知らないかもしれない。こんなに熱くて激しい想いをオレが抱いているなんて、判らないかもしれないな。

だから、そんなに簡単に殺し文句みたいなことが言えるんだ。

オレをそんなに好きにさせて、どうしようって言うんだ、まったく。

でも、最高の口説き文句を口にされることが嫌でもない。冷静に考えると、何を男同士でイチャイチャしてるんだとも思うけど。

オレは先輩の傍にいると、そんなこともどうでもよくなってしまう。先輩はオレをどんどん変えていくんだ。

岡田はこの半年の間、オレが変わったって言ってたけど、もしかしてそういうことだったのかな。

今なら、岡田やみんながどんなにオレに気を遣っていたのか判る気がする。

記憶を失った後、急に、先輩との仲を突きつけられても、オレは納得できなかっただろう。それまで、オレは男同士の付き合いなんてものには興味がないというか、どっちかっていうと、嫌だと思っていたんだからさ。

オレは先輩からグラスを奪って、水を飲み干した。

ふーっと息をつくと、先輩はオレの髪を撫で、額にキスをした。

「シャワーでも浴びるか？」

「えっ？」

「この部屋には小さいがバスルームがついている。身体を綺麗にしたいなら、一緒に浴びようか」

オレの頭の中に、先輩とシャワーを浴びるオレが浮かんできて、慌てて首を左右に振る。

「いい。別にシャワーなんか」

先輩と一緒にシャワーを浴びるなんて、想像しただけでドキドキしてくる。さっき、先輩はほとんど脱がなかったけど、シャワーを浴びるのに脱がない人なんかいないし、当然、先輩だって脱ぐだろう。

同性の裸を想像して、ドキドキしているオレって、ちょっとおかしいかな。だけど、それくらい先輩のことが好きなんだよ。

本当に、記憶をなくす前のオレって、どういうふうに先輩に接していたんだろう。こんなに好きだったら、始終ドキドキしていなくちゃいけないし、それだったら、相当疲れると思うんだ。

そんなに疲れても、オレは先輩の傍にいたかったのかな。

確かに、今のオレも、一緒にシャワーを浴びるのはともかくとして、もう少し、寄り添っていたいなんて思うくらいだから。

「あ、オレ、服を着るから」

今更ながら裸のままだったことが気恥ずかしくなって、オレは床に脱ぎ散らかした服を集めようとした。

「由也……」

先輩はオレの腕を掴んで、自分に引き寄せた。

「先輩……」

肩を抱かれると、眩暈がする。

先輩のことがとても好きだから。

まるで宝物を扱うみたいにオレの身体を抱くと、先輩は優しくキスをした。


初めてなのに(少なくともオレの意識の中では)、二度もしてしまって、オレはだるい身体を引きずって帰宅した。

先輩は家まで送ると言ったけど、そこまではね……。先輩の家からオレの家まではチャリだとかなり時間がかかるし、バイクにはしばらくオレを乗せたくないと言うし、電車やバスを乗り継いで、わざわざオレの家まで来てもらうのも悪いから、駅まで送ってもらって別れた。

バスから降りて、家まではほんの五、六分だ。日は暮れたばかりで、すぐに暗くなりそうだ。オレはボンヤリしながら歩いていたけど、我が家の前に停まっている車を見て、驚いた。

これって……。

義典さんの車じゃないか。

もしかして、義典さんがオレの家に来てるのか。一体、何故……。と思ったけど、昨日、先輩が義典さんと会って、いろいろ話していたみたいだから、そのことかもしれない。

そういえば、オレ、義典さんに付き合うって言ったたし。

もちろんオレには義典さんの恋人なんかになる気は元からなかったし、義典さんも変なことをしないという約束したけど、さすがに先輩とエッチした後に、義典さんとも付き合うわけにはいかないので、オレもそのことについてちゃんと話をしておかなきゃいけないんだった。

玄関のドアを開けると、義典さんのものらしき大きな男物の靴があった。うちは姉二人がいるだけだから、こういう大きな靴があるのは新鮮な感じがした。何しろ、うちは父親も小柄なほうだし、姉さん達も男を連れてこないからだ。

リビングのほうから、にぎやかな笑い声が響いている。はっきり言って、そんなに明るい家庭じゃなかったから(暗いわけじゃなく普通だけど)、それが不思議で、オレは鞄を持ったままリビングに至る扉を開いた。

「あ、お帰り」

オレに声をかけてきたのは、やっぱり義典さんだった。

義典さんを中心に、姉さん二人と母さんも混じって、リビングのソファで談笑していたらしい。

なんというか、義典さんって、けっこう女の扱い方が上手いのかなあって思った。

だって、姉さん達にしても、母さんにしても、義典さんとは初対面じゃないかな。それなのに、いくらオレを訪ねてきたからって、見知らぬ男を家に上げるだろうか。しかも、みんなでコーヒーを飲んでお菓子を食べながら、和気藹々《わきあいあい》と話をしていたんだ。

まったく、呆《あき》れるよ。義典さんにというより、うちの女連中にさ。

「由也、遅かったじゃないの。とっくに学校は終わってたでしょ。せっかく上崎さんが来てくださっているのに、こんなにお待たせして」

母さんがオレを叱りつけるような調子で言った。

「いやまあ、お母さん。僕が勝手に押しかけただけですから」

義典さんはそうフォローしてくれけど、うちの母親は義典さんのお母さんじゃないんだけど。妙なところが気になってしまったオレだった。

「由也、ちょっと話があるんだけど。いいかな?」

先輩はソファから立ち上がった。

「いいよ。オレの部屋に行く?」

「あ…いや、悪いが、外に出られないか?」

よく考えると、こんなにうるさい姉さん達がいたら、オレの部屋でもあまり突っ込んだ話もできないか。何しろ、付き合うとか、付き合わないとか、そういう話だもんな。

「判った。母さん、ちょっといい?」

オレが尋ねると、義典さんにすっかり手懐《てなづ》けられてしまった母さんはすぐにOKした。

義典さんとオレは外に出ると、車に乗り込んだ。

「とりあえず、話ができるところに行こう」

義典さんは車を発進させて、オレをどこかの広い駐車場まで連れていった。もうすっかり辺りは暗くなっていたけど、駐車場にある灯りのおかげで、義典さんの表情は見える。

「ここ、うちの病院の第二駐車場なんだ」

よく見れば、そういう看板が出ている。車はまばらに停まっていて、ひと気はなかった。

義典さんはシートベルトを外して、オレのほうを向いた。

「昨日、鷹野と会ったんだけど」

やっぱりその話か。最初から判っていたけど、改めて話を切り出されると、ドキッとする。

「オレも先輩から会ったって聞いた。先輩、義典さんになんて言ったの?」

「由也は俺の恋人だから手を出すなと言われた」

恋人……。

オレの胸の中に、ポッと温かいものが灯ったような気がした。

「オレ、先輩の恋人だったんだ……」

思わず呟くと、義典さんは眉を上げてオレを見た。

「それは聞いてなかったのか?」

「キスされたから、『オレ達いつもこういうことしてた?』って訊いたら、そうだって言われた。それだけ」

義典さんは『あーあ』と言って、額に手をやった。

「鷹野の奴。言葉が足りなさすぎだ。俺が身を引いた意味がないじゃないか」

「身を引いたんだ？」

昨日の付き合うという約束を気にしていたオレは、ちょっとホッとして言った。

「引いてほしくなかった？」

「正直に言うと、ホッとしてる。男と付き合うだけでも、オレにとっては大変なことなのに、二人も一緒に付き合えないし……。オレはやっぱり先輩のことが好きだから」

「鷹野のこと、何か思い出した？」

「全然。でも、オレが先輩のことを好きなことだけは判った。記憶はなくても、好きだっていう感情だけは消えてなかった」

義典さんはふーっと溜息をついて、上のほうを向いた。

「ちょっと外に出ようか。何もないところだけどさ」

どことなく淋しそうな笑顔で言う義典さんに、オレは頷いた。車の外に出ると、義典さんは街灯の下で立ち止まり、オレのほうを振り向いた。

「君は鷹野が恋人だと嬉しかった？」

「オレは記憶をなくしてから、先輩には別に恋人がいるんだって思ってたから、もしかしたら先輩の恋路を邪魔する嫌な奴だったんじゃないかって悩んでた。先輩に好きだって言われたときも、オレは愛人か二号みたいなもんじゃないかって思ったりして……。だから、ちゃんとした恋人だったなら、嬉しいなって思った」

「愛人か二号……」

義典さんはちょっと笑った。

「そういえば、昨日そう言ってたな。鷹野と恋人の邪魔をしてるんじゃないかって。鷹野も罪な奴だな。君をそんなに悩ませるなんて。最初から自分が恋人だと言っておけば、君は悩まずに済んだし、俺も君をドライブに誘ったり、キスしなかったのに」

「でも、いきなり『俺が恋人だ』なんて言われたら、オレは引いてたかも。だって、相手は男だよ。先輩は記憶を失ったばかりのオレをあまり刺激したくなかったんじゃないかな」

義典さんはやれやれというふうに、肩をすくめてみせた。

「すっかり鷹野の味方だね。俺は残念だよ。前は鷹野の恋人でも、今は義典さんのほうが好きって言ってくれたら嬉しいのに」

義典さんの勝手な妄想に、オレは吹き出した。

「おいおい。傷つくなあ。俺はこれでも失恋したばかりなんだぜ」

ちっとも深刻そうじゃないのにそう言われると、どうも調子が狂う。いや、深刻に言われても困るけどさ。オレにはどうしようもないし。

「まあ、でも、鷹野が君のことを好きで、君は記憶がなくても鷹野が好きなら、これでハッピーエンドってやつ?」

「だけど、なんでオレは記憶をなくしちゃったんだろう。それも、先輩のことを露骨に忘れちゃってさ。両思いなら幸せだったろうに」

記憶をなくす前のオレがどんなふうに先輩と付き合っていたのか判らない。日記でも書いていたら判っただろうけど、そういう習慣もなかったし。ああいうエッチ込みの付き合いをしていたとして、それはそれで幸せだったんじゃないかと思うのに、どうして……。

いや、つらいから記憶をなくしたとは限らない。ただ、頭を打ったことが、ちょうど先輩との記憶がある部分にショックを与えて、忘れちゃっただけかもしれないけど。

それでも、どうしてと思ってしまうのは、何か引っかかりがあるからだ。先輩と触れ合って幸せだと思ったが、何か心の奥底にあるような気がして……。

それがなんなのか、今のオレには判らない。

もちろん、義典さんにグチをこぼしても、きっと解決しないのは判ってる。たぶんオレが記憶を取り戻しさえすれば、全部解決することなんだろうな。

でも……。

記憶を取り戻すのは、ある意味、怖いよ。もしかしたら、すごく嫌なことと対面しなきゃならないかもしれないんだから。

「あまり深く考え込まないほうがいいんじゃないか? 今が幸せならそれでいいさ。記憶が戻るときは嫌でも戻るだろうし、戻したくても戻らない場合だってある。そんなことをよくよく考えても仕方ないだろう？」

「そう…だよね。ホント、義典さんって、人の気持ちを楽にしてくれるよね。やっぱり伝説の人って感じかな」

義典さんは明るい笑い声を立てた。

「伝説の人ねえ。損な役回りだよ。俺はいつも相談役になってしまうんだよなあ」

「いつもそうなんだ？」

「ああ。こっちは何か問題が起こる度に、いろんな奴に相談されて、好きな奴にはフラれ、感謝の言葉だけでサヨウナラだ。そして、伝説だけが残るって寸法だ」

義典さんの伝説って、そういうふうに出来上がったのか。だとしたら、可哀相な人なのかもしれない。

「オレ、先輩を好きじゃなかったら、義典さんとちゃんと付き合ってたのに」

「おいおい。そういう思わせぶりな言葉を吐いて、人を惑わせちゃいけないよ」

義典さんは笑いながら、オレの目の前で人差し指を振ってみせた。

「まあ、俺が言いたかったのは、昨日の約束はナシにしていいからってことだ。由也が気にしてると、マズイからな。由也が鷹野なんて今は興味もないよと言うなら、また話は別だけど、そうじゃないなら、後輩の恋人を横取りするなんて最低な奴だからさ。俺的にはすっごく残念ではあるけど、ま、仕方ないよな」

そう言われると、気が楽になる。そこまでオレのことを気遣ってくれるなんて、義典さんは本当にいい人だ。さすが伝説の人とか言うと、また嫌がられそうだから言わないけど。

「ありがとう、義典さん」

「ちょっと惚れ直した？」

「それはないけど」

慌てて首を横に振ると、義典さんは笑った。

「記憶のこととか、いろいろあると思うが、何か悩みがあったら俺に相談しにきていいよ。遠慮せずにさ。俺と君も、同じ高校の先輩後輩の間柄ではあるし、何より、俺は天堂高校では伝説と言われた男だし」

「えっ、でも、それじゃや、図々《ずうずう》しいような気も……」

何しろ、オレは義典さんをフッてるんだ。今更、相談なんかできる立場にはないよな。

義典さんは手を伸ばして、オレの頭を撫でた。

「そういう真面目なところがいいな。でも、あんまり真面目すぎると、自分がつらくなるときがあるんじゃないか？」

「そう…かな。よく判らないけど」

「俺は一度惚れた奴のためには力を惜しまないよ。そういう男だから。俺は」

義典さんはそう言うと、ふっと柔らかく微笑んだ。


翌朝、学校に行き、自分の机に鞄を置いた。

まだ慣れない自分の机だけど、先輩の恋人が誰かという問題がクリアになった今、オレはなんだか晴れ晴れとした気分だった。

「岡田！　おはよう」

先に来ていた岡田にオレは声をかけた。

「あ、おはよう。今日はずいぶん元気そうだな。何かいいことでもあったか？」

「えっ、別に……。そういうわけじゃないけど」

しっかりこっちの気分を見抜いてしまう岡田の眼力《がんりき》に、オレはちょっと目を逸らしてしまった。

まさか、昨日、先輩とエッチしたことなんか見抜かれるはずはないだろうけど、岡田は前から聡《さと》いところがあったからなあ。

「鷹野先輩と何かあったか？」

いきなりの直球にオレはカッと自分の顔に血が昇ってくのを意識した。

「な、なんでっ……。オレはそんな……」

岡田はニヤリと笑い、腕組みをして、一人でウンウンと頷いた。

「やっぱりな。由也の考えてることなんか、俺にはお見通しだ。とか言ったら、先輩に怒られてしまいそうだけどな」

オレはもう何も言えず、視線を逸らすしかなかった。いや、そんなことしたって、岡田にはオレの考えがお見通しだそうだから、意味はないんだろう。

「まあ、でも、一時はどうなることかと思ったよ。先輩が言わないのに、俺達外野が言うわけにもいかないし。で、先輩の恋人としての気持ちはどうだ？」

「やっぱり、オレ、先輩の恋人なんだ？」

「えっ、そう言われたんじゃないのか？」

岡田は訝《いぶか》しげに眼鏡のフレームの位置を直してオレを見た。

「そうはっきりとは言われなかったから」

「なんだ、先輩もはっきりと言ってやればいいのに。正真正銘の恋人だよ、由也は」

岡田は呆れたように言ったが、オレは信頼している岡田にはっきりと言われたことで、ちょっと安心した。いや、別に義典さんの言葉を疑ってたわけじゃないけど、事情を知らない義典さんが言うのと、オレのことをよく知っている岡田が言うのとでは、発言の真実性に差があるじゃないか。

とはいえ、オレはどれだけ恋人なんだと聞かされても、どこか本当なのかっていう疑問が心の底にあるみたいだ。きっと実感がないのかな。これは記憶を取り戻すか、先輩との恋人としての時間がふえない限りは、完全には納得できないのかもしれない。

「由也のことは明良が一番心配していたから、おまえが明るい顔をしてれば、明良も喜ぶぞ」

「うん……。そうだね」

昨日、朝に先輩から告白らしきものを受けたことは、あんなに心配してくれていた明良には話しておいた。明良はオレより嬉しそうな顔をして、ニコニコしていたんだ。

「でも、明良、今日は遅いみたいだな」

教室を見回して、オレがそう言うと、岡田は思い出し笑いみたいな変な笑い方をした。

「明良はいつも遅いよ。なんか、ものすごく寝起きが悪いらしいって聞く。……実を言うと、ここだけの話、あいつが来るのが遅いと、ぬいぐるみを抱いて寝ているところを、俺はつい想像してしまうんだ」

そう言われると、オレの頭の中にも、明良がぬいぐるみと共にベッドですやすや眠っているところが浮かんでしまった。

うーん。似合いすぎる。

「でも、いくらなんでもそれはないよな」

一応、高校二年の男だし、可愛い顔をしているわりに、いろいろ気を回してくれたりするから、そんなに子供っぽいわけじゃないと思う。

「いや、それは判ってるんだけど、つい……」

岡田は自分の想像の中の明良が気に入っているのか、ニヤニヤと笑った。

「で、先輩とヨリを戻したところで、記憶はちょっとくらい戻ったのか？」

「いや、全然」

「そうか……。まあ、そのうち思い出すさ。忘れた期間はたった半年だ。思い出すのは簡単かもしれないぞ」

変な慰め方をする岡田だったが、それでも、オレを気遣ってくれていることには変わりはない。オレは明良だけじゃなくて、岡田にも感謝した。

それからしばらくしたが、明良はなかなか登校してこない。岡田は読書を始めてしまったし、こういうときの岡田の邪魔をすると不機嫌になるので、暇を持て余したオレは、なんとなく鷹野先輩の顔が見たくなってきてしまった。

たまには、オレから先輩に会いにいくというのはどうだろう。

ちょっと気恥ずかしい気もしたが、先輩は嫌な顔なんかしないと思うから。

オレは思いきって、三年のクラスのある階に行ってみた。

先輩のクラスは確か……。

ウロ覚えだったが、ちらっと聞いた覚えのあるクラスへと向かう。教室の前の戸が開きっぱなしになっていたので、オレはそこから中を覗いてみた。

いた！　鷹野先輩だ！　席に着いているよ。

嬉しくなったけど、先輩は座ったまま、傍に立っている誰かと話してる最中だった。

その相手は……。

誰だろう。

ずいぶん綺麗な子だ。一瞬、女の子かと思ったくらい。いや、美人顔と言われるオレがそう表現するのもナンだけど、真ん中分けの髪がちょっと長めの、雰囲気は溌剌《はつらつ》とした美少女って感じだ。

その一見美少女の彼が、先輩と親しそうに話している。先輩も柔らかい表情をしているし、実際、親しいのかなって気がした。

でも……。

なんだか心に引っかかる。

上手く言えないけど、胸の奥でモヤモヤとしたものがあるんだ。はっきり言うと、そういう綺麗な子と先輩が親しくしているところを見たくなかったっていうか……。

別に浮気現場発見とかじゃなくて、ただ話してるだけなのに、そういう気持ちを持たれてちゃ、先輩にも彼にも迷惑だろう。もちろん、それは判ってるし、そういう理性もあるよ。

だけど、なんだか嫌なんだ。頭じゃ割り切れない気持ちだ。

美少女な彼の顔の系統って、オレ系だし、オレと付き合ってる先輩にしてみれば、きっと好みの顔なんじゃないかな。オレの顔が実は別に好きでもないっていうわけでなければ、たぶんそうだろうと思う。

だから、余計に先輩が微笑むような調子で彼と話してる様子が気にかかる。

先輩はオレがここで見ていることに気づかない。いや、声もかけてないいんだから、気づけというのが無理な注文なんだよ。それは判ってるさ。

でも、だからって、オレは声をかけられないんだ。

二人が親しげに話しているところに、割って入れない。オレにはそんな勇気はないよ。

彼が先輩の肩に何気なく手を置いた。

瞬間、オレの心の中に何かドス黒いものが湧き出てきた。

嫉妬なのかな。でも、そんな感情は見当違いだよ。そう思うのに、オレは自分の胸の苦しさに耐えられなかった。

オレはそっと教室から離れようとした。そこにいると、オレは余計なことまで考えて、自分がますます苦しくなるだけだってことが判ったからだ。

「あれっ、由也くんじゃないか」

振り返ると、そこには明良の恋人の藤島さんがいた。今、登校してきたばかりなのか、鞄を手にしている。

「裕司に会いにきた？　そんなところに立ってないで、中に入ってもいいのに。なんだったら、呼んでやろうか？」

藤島さんは教室を覗いて、今にも先輩を呼ぼうとしたので、オレは藤島さんの腕に手をかけた。

「えっ、何？」

「あの……。呼ばなくていいです」

「どうして？」

そう言いながら、藤島さんは教室のほうをちらっと見た。

「ああ……。いや、あの子はなんでもないんだよ。今期の生徒会長で、裕司は前生徒会長として面倒は見てるけど、それだけで……。親しそうに見えるかもしれないけど、まあ指導してれば、自然とああいうふうになるよね？」

藤島さんはオレが誤解しないようにと言ってくれてるのかもしれないが、それが言い訳がましく聞こえてしまうのは何故だろう。

「鷹野先輩って……」

複数の人と付き合ってても平気な人なのかと訊こうと思ったけど、やっぱりやめた。先輩はそういう不誠実な人には見えない。でも、オレはしばらくの間、自分自身が浮気の相手なんじゃないかと思っていたときもあるから、そういう考えも頭にこびりついてるんだ。

どうしよう。

こんな暗い感情を抱えてるのは嫌だ。

藤島さんはそっとオレの肩に手を置いた。

「屋上に行かないか？　明良も呼んでくるから、ちょっと話そう」

オレにはあまり馴染みのない藤島さんだが、今だけはなんとなく心強い味方のような気がした。

昨日の朝、屋上で話をした相手は、先輩だった。そして、今日は藤島さんと明良なんだ。なんだか、変な気分だと思いながら、屋上のフェンスにもたれて待っていると、藤島さんが明良を連れてやってきた。

「ごめん。待たせたね」

藤島さんは微笑んで、明良をオレのほうに押しやった。

明良はどことなく緊張した面持ちで、オレにペコンと頭を下げる。その仕草がまるで子供みたいで、オレはちょっと笑ってしまった。

「オレがこんなに心配してるのに、そんなに笑わなくてもいいじゃないかっ」

「ああ、ごめん。でも、毎日、教室で会ってるのに、オレに頭なんか下げなくても…って思ったんだ」

もちろんオレだって、緊張してる明良に悪いと思ったんだよ。でも、やっぱり同じクラスにいて、頭を下げるのは変だろう。

「由也が鷹野先輩と生徒会長が一緒にいるところを見たって聞いて、オレはホントに心配してるんだよ。前のときみたいに、由也がすごく気に病むんじゃないかってさ」

「前のときって……。オレが記憶を失う前？」

明良はそっと頷いた。

「今まで由也が思い出すまでは言わないほうがいいかなあと思って黙ってたんだけど、もし由也が聞きたいなら……」

オレが気に病んでたことって、たぶん先輩絡みのことだ。明良に訊けば、オレが記憶を失った本当の原因みたいなものが判るかもしれない。けれど、それはオレがさっき感じたような自分の汚い部分と向き合わないといけないような気がした。

でも……。

やっぱり知りたい。

いや、半分くらいは、もうオレには明良の言う内容が判っていた。それから背を向けて逃げるか、それとも知って立ち向かうのか、どちらかだと思う。

正直なところ、はっきりと明良の口から嫌なことを聞いてしまって、それに立ち向かえるのかって言ったら、自信はない。だけど、オレはせめて知らなければならないと思うんだ。

少なくとも、記憶をなくしてしまったオレは立ち向かえずに逃げてしまったわけだから。

もちろん、記憶がオレの意思でなくなったかどうかって、判らないけどさ。

ただ、そんな気がするんだ。

「明良……話してくれよ。オレがどういうことで悩んでたかって」

オレが思いきって言うと、明良はちらっと藤島さんの顔を見て、話し始めた。

「元はといえば、新しい生徒会長……三澤《みさわ》って言うんだけど、あいつが鷹野先輩に妙に接近してきたのが始まりだったんだ。三澤は隣のクラスの奴なんだけど、覚えてる？」

オレは首を横に振った。

一年のときに同じクラスだったとか、特別目立っていたとか、噂の主だとかでなければ、知るわけはない。

「オレはそんなに三澤のことを知ってるわけじゃないけど、オレの友達が三澤と同じクラスだから、ちょっと訊いてみたことあるんだ。別にそんなに悪い奴じゃないって。ただ、バスケ部員だったせいもあって、鷹野先輩にすごく憧れてたみたいで……。だから、鷹野先輩の後を継ぎたいって気持ちがあって、生徒会長に立候補したっていう経緯があるんだ」

オレは鷹野先輩の傍に立っていた溌剌とした感じの彼を思い出した。これはオレの想像なんだけど、きっと成績も運動神経もよくて、自分に自信があるんだろう。

「新生徒会長になった後、三澤は鷹野先輩にいろんなことを教わった。もちろんそれは単なる引き継ぎだった。でも、三澤は事あるごとに先輩に相談するようになっちゃったんだ」

「それは……その、三澤って奴が先輩のことを好きだったから？」

その言葉は、オレの口をついて自然に出てきた。

なんとなく、オレには三澤の気持ちが判ってしまったんだ。その状況、そして、オレが見た彼の表情を考えると、オレにはそうとしか思えなかった。

「それは、オレには判らないよ。三澤に確かめてみたわけじゃないし」

明良はそう言ったけど、その口ぶりからは、オレと同じようなことを考えていたことが窺えた。

「ただ、三澤はいつも先輩に頼っていたし、先輩は親切心から三澤の面倒を見ていたんだ」

そうだ。先輩はそういう人だ。

オレは今まで付き合ってきた記憶はないものの、何故かそう思った。

「三澤は由也という恋人がいるのを知ってるから、告白なんかしない。だから、先輩は三澤の気持ちに気づかない。そんな二人の関係を見て、由也が平静でいられたはずがないよね？ 由也は先輩が自分を裏切ることなんかないのを知っていたけど、三澤が先輩にベタベタしてるのを見て、面白いわけがない。でも、先輩が三澤のことを信じているから、二人の付き合いを無理やり生徒会のためだって思い込まなきゃならなかった……」

オレの胸の奥で鈍い痛みが走った。

明良が語っていることはまぎれもない真実だ。オレの胸はその真実に反応してるんだよ。

記憶がなくても、そのときの感情の痛みをオレの身体は覚えてるんだ。

ふと目を上げると、明良が大きな目にいっぱい涙を溜めていた。

「えっ、どうして明良が泣くんだ？」

「ごめんっ。でも、オレ、由也のそのときの気持ちを考えたら、すごくつらかっただろうなあって
……。頭ではどんなにそんなことないって判っていても、まるで自分の恋人を盗られたみたいな気

持ちになるのは、当たり前だよ」

とうとう明良の瞳から、涙が零れ落ちていった。

傍にいた藤島さんがさっとポケットからハンカチを取り出して、明良の涙を拭いてやっていた。

「由也くん、僕の話もちょっと聞いてくれるかな」

今度は藤島さんが話し始めた。

「裕司は僕の親友だし、君は明良の親友だから、君が裕司のことで悩んでいるのはどうも気になってね。お節介かと思ったけど、裕司に忠告したんだ。でも、あの頑固頭は自分の非を認めないんだよ。というか、正義感が強すぎて、自分を頼ってくる者を突き放せないし、それが悪いことだとは思わない。いや、もちろん客観的に見たって、裕司のしてることは非難されるべきことじゃない。どっちかっていうと、ボランティアなわけだからね」

そうだ。そして、三澤が告白しない限りは、先輩は三澤を可愛い後輩と思い続けるんだ。

自分が先輩と恋人との仲を邪魔をしてる後輩なんじゃないかってオレが思っていた頃に、そういう方法を取ろうとしていたから判る。告白したら、そこで終わりだ。先輩は自分の気持ちを知らないからこそ、恋人がいても可愛がってくれるんだから。

「実は、前に似たようなことがあってね。野瀬って子、覚えてる?」

「ああ……覚えてます」

ああいう礼儀知らずな子はなかなか忘れられないだろう。そういえば、あの子はオレに、自分のことを忘れてくれて嬉しいというようなことを言っていたな。そのときは、何があったのかはっきりとは判らなかったけど、今なら判るな。

野瀬はきっとオレと先輩の邪魔をしていたんだ。

「あの子は思い込みの激しい子で、裕司を天堂高校の悪《あ》しき慣習から解放してやろうと思って、君との仲を邪魔しまくっていたから、今回のケースとはちょっと違っていたんだ。でも、君が同じように嫌な気持ちになったのは間違いないし、それで君と裕司は一時別れる寸前までいったんだ。それを思い出せと裕司に言ったんだけど、三澤はそんな奴じゃないの一点張りでね」

変な話だが、その受け答えがいかにも先輩らしい。実際、三澤は何もしていない。ただ、生徒会のことで相談してるに過ぎないんだ。

オレは……記憶を失う前のオレは、どういう気持ちだったんだろう。

先輩の教室で見た光景のことが頭に浮かぶ。先輩がオレとの予定より生徒会を優先させるときに、オレはさっきみたいな気持ちになったんじゃないだろうか。

抑えても抑えても、黒いマグマが噴き出すような……そんな嫌な気持ちだ。

ふっと、オレの脳裏に、ある場面が浮かんだ。

先輩はオレを見つめて言ったんだ。

『おまえはどう思う？』って……。

『おまえは三澤のことをそんな嫌な奴だとは思わないだろう？　あいつは生徒会活動に熱心なだけ

だと由也も思うだろう？』って……。

確か、先輩は残酷にもオレにそう尋ねたんだ。

そして、オレは先輩に嫌われたくなくて、つい頷いてしまったんだ。本当は胸の中が真っ黒になるくらい、ひどく嫉妬していたのに、どうしてもそれを告げることができなかったんだ。

「由也は頭で判っていても、どうしても割り切れないみたいだった。先輩はただ後輩の面倒を見てるだけだといくら思ってみても、二人を見れば嫉妬する。そして、そんな自分が由也はすごく嫌だと言っていたんだよ」

ようやく涙の止まった明良がそう言った。

オレにはもう何もかも判ってしまった。オレが記憶を自ら封じてしまったわけは、そこにあったんだ。

オレは眩暈がしてしまい、額を押さえて、フェンスに寄りかかった。

「どうかしたの？　由也？」

心配する明良に、オレはなんとか顔を上げて、笑みを作る。

「大丈夫。ちょっと思い出したことがあって……」

「記憶が戻った？」

「ほんのちょっとだけ。でも、近いうち、全部思い出せそうかな」

それが決して嬉しいことではないということがすでに判っていた。でも、一番重要な部分を思い出してしまったからには、それに付随するいろんな記憶だって甦《よみがえ》ってしまうだろう。

「由也……」

明良がオレの頬に触れた。

涙が流れている。物心ついてから、人前で泣いたことなんか、数回しかないのに。なんとか泣かないようにと努力していたはずなのに。

でも、胸がどうしても重苦しくて、死にそうだから。

涙が勝手に流れてきてしまうんだ。

「オレ、やっぱりいらないことを言ったのかな」

明良は頼りなげな表情でそう呟いた。

「そんなことない。聞いたから、はっきり判った。明良から聞かなかったら、オレはずっとあんな嫌な気持ちを理由も判らずに持ち続けなきゃいけなかったんだから」

オレは腕で涙を拭いた。

記憶をなくす前のオレは、確か、先輩の受験が迫ってくれば、そのうち三澤も身を引くはずだと思っていたんだ。それまでの我慢だからって。

でも、オレは待てなかった。先輩に恋する心を封じ込めてしまい、過去をなかったものにすることで、オレは苦しい気持ちから逃れたんだ。

だけど、今、それを思い出したところで、オレにはどうしようもない。さっきだって、オレは三澤と仲良くしてる先輩に声をかけることすらできなかったんだ。

この苦しい思いをどうすればいいんだろう。

オレはどう自分の気持ちにケリをつければいいんだろう。

「この場合、大事なのは、君がちゃんと自分の気持ちを裕司に伝えることだよ」

藤島さんが色素の薄い髪を風になびかせながら、そう言った。

「でも……」

「わがままだとか思う？　君はそう思っても、裕司はきっとそう思わないよ。いや、わがままだと思うその気持ちも伝えてあげればいい。ホントに君達、肝心なところでコミュニケーションが不足してるんだから」

藤島さんは笑いながら、明良の肩を抱いた。

「たまには、僕達を見習ってみれば？」

もちろんそれは冗談だろうけど、明良はちょっと顔をしかめて、藤島さんの手をつねった。

「優ちゃん、調子に乗りすぎ！」

大げさに痛そうな仕草をして、藤島さんは自分の手を撫でた。

本当にこの二人はいつ見ても微笑ましい。いろんなことがあったけど、やっと二人で幸せになったんだし、これからもこんなふうに仲良くやってほしいものだ。

「あ……」

「どうかした？」

明良の質問に、オレは笑って答えた。

「またちょっと思い出したみたいだ」

「じゃあ、すぐ全部思い出しちゃいそうだね」

明良は他人のことなのに、嬉しそうな笑みを浮かべた。

「うん……そうだね」

それがいいのか悪いのか判らなかったが、オレは明良と親友だったときのことを思い出せたのはよかったと思う。

「オレ、まだ先輩には言えないと思う。記憶が全部戻ったら……そのときは言えるかもしれないけど、今はまだ……」

今のオレには三澤の気持ちも判りすぎるほど判るから。

それに、言ったとして、先輩はどう反応するだろう。きっと、先輩は、三澤はそんな奴じゃないと言うだろうし、先輩を困らせることになるんじゃないだろうか。先輩には、三澤をはねつけるだけの理由もないからだ。

そして、オレには、それが可愛いわがままには思えなかった。

「いろいろ難しいな。もっと簡単に物事が運べばいいのに」

いつの間にか手をつないでいる藤島さんと明良を見て、オレは力なく微笑んで言った。

解決できそうにない問題を抱えるくらいなら、恋愛なんてしないほうが楽だったかもしれない。でも、記憶をなくしても、また先輩を好きになってしまったオレは、やっぱりどうにかして、これを解決するしかないんだろう。

でなきゃ、徹底的に我慢するか、だ。

「あんまり考え込まないほうがいいよ。先輩は三澤より由也のほうを大事に思ってるんだからさ」

明良はくるくるとした大きな目でオレを見つめて、そう忠告してくれた。

翌日の放課後。

先輩はオレを自転車で駅まで送ってくれるらしい。昼休みに一緒に弁当を食べていたときにそう言われたんだ。

駅までの距離なんか、たかが知れているし、自転車で行ったらあっという間に着いてしまうんだけど、先輩と一緒にいられるのは嬉しかった。昨日は先輩が予備校に行く日だったこともあって、時間がなくて一緒に帰れなかったから、余計に今日はミニデートな気分だ。

あまりに先輩に入れ込んでる自分がちょっと怖くなるけどね。

人を好きになるって、胸が痛くなるような苦しいこともあるけど、こんなに嬉しいこともあるんだ。やっぱりオレは先輩を好きになってよかったと思うよ。

校門の前で待ち合わせしていると、先輩がやってきた。

でも、自転車には乗ってない。もちろん、押してやってきたわけでもないんだ。

「すまん、由也。ちょっと用ができて……。すぐ終わると思うから、少し待っててくれると嬉しいんだが」

「それはいいけど……もしかして生徒会のこと？」

「ああ、そうだ。よく判ったな？」

それは今のオレが三澤のことを知っているからだ。知らなかったら、前生徒会長に生徒会の用事があるなんて思わないはずだ。

「先輩が三澤っていう人と一緒にいるのを見たことがあるから」

オレは思い切って話を振ってみた。

先輩はそれを聞いて、眉を少しひそめた。

「三澤のことを誰に聞いた？」

「明良と藤島さんだよ」

一瞬、先輩は押し黙った。もしかして怒ったのかと思って、オレはヒヤリとした。ただそれだけで怒るほど心の狭い人だとは思わないけど、先輩が黙るから、やっぱり少しは気分を害したのかもしれない。

「あの二人に何を聞いた？」

「三澤って名前で、新生徒会長で、よく先輩に相談事をしてるって。それから……」

オレはそれ以上、言うのを躊躇った。言ったら、オレの本当の気持ちまで話さなきゃならなくなるからだ。

でも、オレが黙っていたら、先輩のほうから口を開いた。

「藤島は俺に、三澤と親しくすれば、由也が悲しむと言っていた。だが、三澤はただの後輩に過ぎないし、あいつが生徒会のことで俺に助けを求めてくるのは、決して何か変な気持ちがあってのことじゃないんだ」

オレはなんと返事していいのか迷った。

判ったと言えば、先輩はオレには不満はないものと解釈するだろう。それは困るが、だからといって、本当の気持ちを告げる気には今はなれなかった。

結局、オレは逃げてばかりだ。

これじゃ、記憶が完全に戻っても、同じことの繰り返しになってしまう。

「先輩、オレは……」

いや、やっぱり言えない。

だいたい、三澤に罪はないじゃないか。三澤はきっと、オレ達の邪魔をしたくて先輩に近づいているんじゃないと思う。

先輩が好きだからって、その想いだけで……。

だけど、このままにしておいたら、三澤の気持ちはもっと大きくなってしまうんじゃないかな。そうなったら、余計に問題がややこしくなりそうだよ。

一体、どうしたらいいんだろう。先輩にどう言ったらいいんだろう。

「由也！　言いたいことはちゃんと言ったほうがいいよ」

突然の明良の声に、ビックリする。

いつの間にか、明良と藤島さんの二人が校門の近くまで来ていたんだ。二人もオレ達みたいに一緒に帰る約束をしていたんだろう。

「僕もそう思うけど、それは由也くん次第だから。明良も無理言うんじゃないよ」

藤島さんはたしなめるように明良の頭をポンポンと優しく叩いた。

鷹野先輩は藤島さんをちょっと睨んだ。

うわっ、先輩のこういうときの顔って怖いよ。明良が怯えてるじゃないか。

「おまえ達、由也に変なことを吹き込まないでくれ」

「失礼だな。僕は由也くんに聞かれたことを教えただけだよ。僕の意見も交えてね」

藤島さんは明良を庇うように前に出た。

「それに……明良は由也くんの親友だよ。記憶をなくす前の由也くんが、明良にだけは本当の気持ちを打ち明けてたって思わないかい？」

藤島さんはオレ次第だと言いながらも、かなり際どいことを言っている。それじゃ、明良の言うことは、オレの考えと同じことだって言ってるみたいだ。

先輩はオレのほうを振り向いた。

「由也、もし本当に言いたいことがあるなら、言ってくれ。言わなければ、俺には判らない」

「先輩……」

オレはやっぱり迷っていた。

でも、このままオレが何も言わなかったら、藤島さんも明良も口を出しただけ損って感じじゃないか。藤島さんはオレ次第だとは言ったけどさ。

オレのことを心配してくれた二人を、裏切るような真似だけはしたくないよ。

「先輩は……三澤がただ生徒会のためだけに先輩を頼ってるんだって、本当に思ってる？」

オレは勇気を奮い起こして訊いた。

「ああ。もちろんだ。あんなに熱心な奴はいない」

先輩の答えは明快だった。

「オレにはそうは見えなかった。って言ったら、先輩怒る？」

先輩はちょっと困ったみたいな顔をした。

「怒りはしないが、どうしてそう思うんだ？　第一、おまえが三澤を見たのは一回だけなんだろう？」

「前のこと、ちょっと思い出したんだ」

そう言うと、先輩はいきなりオレの両肩を掴んだ。

「本当かっ？　思い出したのか？」

先輩はすごく嬉しそうな表情をしていた。それを見た瞬間、オレは先輩がオレのことをどんなに想ってくれてるのかが判って、思わずホロリときてしまった。

一瞬、もう三澤のことなんかどうでもいいから、先輩を煩わせない可愛い恋人でいたいと思った。でも、言い始めたことはもう今更ごまかしようがない。それに、頭の中で悶々《もんもん》と不満を募らせるよりは、いっそ言ったほうがスッキリするかもしれなかった。

先輩だって……。オレに嘘をつかれたくはないんじゃないかな。無理して、平気なふりをして、実はあのときああだったんだって判ったりしたら、そのほうがよっぽど傷つくよ。

「思い出したのは少しだけ。先輩がオレに三澤のことをどう思うって訊いたときのこととか。オレ、先輩に三澤は生徒会活動に熱心なだけだと思うだろうって訊かれて……。本心は違うんじゃないかって思いながらも、先輩に嫌われるのが怖くて、頷いちゃったんだ」

オレの告白に、先輩は衝撃を受けたような表情をした。

こんな先輩の顔をオレは見たくなかった。だから、ずっと黙っていたんだ。先輩が傷つけば、オレも傷つく。

それが判っていたから……。

だけど、オレはもう止められなかった。いや、止めても仕方ない。こうなったら、全部言って、先輩に納得してもらわないと。

先輩が三澤のことを信じるなら、それはそれでいい。本当はよくないけど、オレと先輩は必ずしも同じ考えでなければいけないことはないと思うからだ。

先輩が三澤を大事なら……。

オレをわがままと思うなら、それは仕方ないよ。今までそれを怖がってばかりいたけど、このままじゃダメだと思う。

先輩を好きなら、ちゃんと言わなきゃいけないこともあるんだ。それを黙って我慢しているのは、お互いのことを思いやったり、お互いの感情や考え方を尊重し合うこととはまた違うんじゃないかな。

「由也は三澤が嫌いだったのか？」

先輩は抑揚のない声で尋ねた。

そんな声を先輩が出すのを、オレは初めて聞いたから、胸がズキンと痛む。

「違う。嫌いじゃない。でも、三澤は先輩のことが好きなんだと思う。だから、生徒会にかこつけて、先輩に頼ってる…ように見えるんだよ」

「そうかな。俺には三澤が熱心なだけのように見える。だいたい、三澤としているのは、主に生徒会の話だ。もちろん告白なんかされたことはないし、そんな素振りを見せられたこともない。なのに、どうしてそう思うんだ？」

やっぱり先輩はおれが予想したとおりの反応を示していた。正義感が強い先輩には、可愛い後輩への非難は庇ってあげなくてはいけないものなんだろう。

それは、オレが相手であっても特別じゃない。そこが先輩らしいといえば、そうなんだけどね。

「そりゃあ、オレだって、三澤の本当の気持ちまでは判らない。でも、見てれば、なんとなく判る。オレが先輩を好きなのと、三澤の気持ちがまったく同じってわけじゃないかもしれない。けれど、三澤は確かに先輩に憧れてる。そして、それを見て、オレはなんだか気になるんだよ」

「俺が好きなのは由也だけだ。他の奴をそういう目で見たことはないぞ」

先輩はそんな当たり前のことがどうして判らないんだと言いたげだった。

「それは判ってるよっ。でも……どうにもオレの気持ち的には我慢できないんだ。それがわがままだって言うなら、そう言われてもいい。だけど、先輩はそういう気持ちになったことない？　誰かに嫉妬するってことはないの？」

そこまで言うと、先輩にも少し心当たりがあるようだった。

いくら公明正大っぽいイメージの先輩だって、嫉妬の気持ちくらいはあるだろう。一時はそういう感情すらないんじゃないかって思ってたときもあったけど、先輩は決して聖人ってわけじゃないんだ。

だったら、オレ同様に、いろいろ思うことがあってもおかしくないはずだ。

「そうだな……。確かに、嫉妬はたとえ根拠がなくても発生するな。だが、俺には本当にそんな気はない。ただ、生徒会のために尽力《じんりょく》しているだけだ。それでもダメなのか？」

オレはもちろんダメだなんて言えなかった。

結局、オレの想像どおりの結末を迎えるんだ。この話はどこまでも平行線を辿る。三澤の気持ちは止められない。先輩は生徒会のためだけに三澤に協力する。そして、オレは嫉妬しながらも、それをダメだとは決して言えないんだ。

「先輩の気持ちは判る。だから……オレの気持ちを判ってくれれば、それでいい」

オレはそう言うしかなかった。

いや、それは初めから判ってたことだ。先輩は公正な判断しかしない。オレだって、それ以上のことを望むのは、心苦しかった。

そうだ。これでいいんだ。

これでオレの気持ちは晴れるはず……だ。

「あーあ。ホント、参っちゃうね」

藤島さんが本当に呆れたような声で言った。

「何がだ？」

先輩は藤島さんをまだいたのかという目で見た。

「そんなに生徒会が大事なんだ？　僕だったら、恋人に嫉妬するって言われたら、すぐに生徒会のしがらみなんか切っちゃうね」

「おまえは公私混同な奴だからな」

先輩に軽くいなされた藤島さんはムッとしたようだった。

「裕司が今も生徒会長ならともかく、引退した身だろう？　三澤が何を言ってきてるか知らないが、それを手伝うのは三澤のためにもならないと思うな。案外、おまえが手を貸すことで、三澤は自立できないんじゃないか？」

藤島さんはキツイ言葉を先輩に浴びせかけた。

「そんなことはない。三澤はよくやっている」

「へぇ？　だったら、三澤に任せておけばいい。いや、三澤を中心とする新生徒会にさ。裕司が口や手を出すことはないと思うけど」

「俺はアドバイスを頼まれたことだけしか、口は出していないつもりだ。おまえにいちいち言われなくても、それくらいの分別はある」

なんだか先輩と藤島さんの喧嘩みたいになってきてしまった。藤島さんの後ろで明良もオロオロしてるし、オレもどうしたらいいか判らなかった。

「あの……藤島さん。オレのことはもういいから」

「いや、由也くんは黙っててくれ。僕が公私混同なら、裕司は恋人の気持ちも察してやれない鈍感な男だ。もちろん、僕は何がなんでも恋人を優先させるべきだとは言わないよ。でも、裕司はすでに引退したはずの生徒会のことばかり考えていて、由也くんが苦しんでる本当の理由には気づいてないじゃないか」

藤島さんは勢いづいて、そんなことまで言ってしまっていた。

いや、そこまでオレは先輩に知らせたくはなかったんだけど。明良は藤島さんの腕を後ろから必死で引っ張っているが、藤島さんの勢いはまだ止まらなかった。

「裕司は由也くんの記憶がなくなったことについて、もっと心を砕くべきだったんじゃないか？」

「それは……どういう意味だ？」

先輩はかなり怖い顔になっていた。

そう、先輩は元から怖い顔なんだから、表情がなくなると、ますます怖くなるんだよ。

「言葉のままの意味だよ。裕司は由也くんにもっと気を遣うべきだ。僕はそう思う」

藤島さんもエキサイトしてるせいか、いつもの柔和な表情と違うし、オレはそんな二人の間に挟まれて、どうしようかと思った。

「優ちゃん、もうその辺でいいじゃない。あんまりいろいろ言っちゃうと、由也が困るから。優ちゃんの気が済まなくても、由也はそれでいいって言ってるんだし」

さっきまでオロオロしていた明良だが、合間を見て、藤島さんにそっと忠告する。さすがに明良にそう言われると、藤島さんも頭に昇っていた血が下がってきたようだった。

「……そうだね。ちょっと言い過ぎたかもしれないけど、僕は何も裕司を非難するためにわざわざ嫌なことを言ってるんじゃない。僕が明良と仲良くしているように、裕司達もずっと仲良くしていてほしいんだ。それだけだから……」

先輩もそれを聞いて、納得したみたいで、藤島さんに頷いていた。

「判った。もっといろんなことを考える必要がありそうだな。俺も……由也が優しいからわがままを通しすぎていたのかもしれない」

「そんな……先輩がわがままだなんて……」

オレがわがままなのはともかく、先輩までもがそうだなんて絶対思わない。先輩はただ生徒会に熱心な三澤を助けてあげたいだけなんだから、そんな義侠心と一緒にはできないよ。

藤島さんがクスッと笑った。

「由也くんがわがままなら、裕司もわがまま。それでいいんじゃないかな？　おあいこってやつで、案外、そういう考え方で気が晴れるかもしれないよ」

そうかなあ。

オレは納得しかねて、首をかしげた。

「由也、とりあえず今日は約束したから、生徒会室に行ってきていいか？」

「あ、うん。構わないよ」

ここでダメなんて言うのは、ホントのわがままだ。先輩の立場ってものがあるんだから、それは仕方ない。

それに、オレの気持ちが先輩に伝わっているんだったら、気が楽だよ。藤島さんが言いかけた、オレの本当の苦しみなんかは、先輩には関係ないんだから。

ちょっとしたことで嫉妬するのはオレのほうの勝手だ。そういう醜い心が嫌なんだって思うのも、それもオレのほうの勝手な気持ちで、先輩はそこまで責任を持てないだろう。

「オレ、ここで待ってるから」

「あ、由也くん。ここより教室とかで待ったほうがいいんじゃないか？」

藤島さんが妙なことを言い出した。

「えっ、でも、先輩はすぐ終わるからって……」

「ほら、ここは人通りも多いし、危ないよ、いろんな意味で。なあ、裕司？」

何故だか、藤島さんはオレをここで待たせたくないみたいに思える。でも、なんで藤島さんがそんなことを気にするんだろう。

オレを心配して……ではなさそうなんだけど。明良もキョトンとしているところを見ると、藤島さんが何故そんなことを言い出したのか判らないようだった。

「何を企んでるんだ、藤島？」

「嫌だなあ。僕は何も企んでないよ。あ、由也くんを生徒会室まで連れていけばいいじゃないか。すぐ終わるんだろう？」

「それはそうだが……」

先輩はオレの顔をちらりと窺った。

オレが行くのを嫌がるんじゃないかと先輩は思ったらしい。確かに、三澤の顔を見るのはあんまり嬉しくない。

たぶん、三澤と先輩が一緒にいるところを見ると、嫌な気持ちになるんじゃないかと思うし、そんな嫌な気持ちになる自分こそが嫌だからだ。

本当は、もっと三澤にアピールしたほうがいいのかもしれないけどね。オレと先輩は恋人同士だって。

ちょっとそんな場面を想像してみたけど、それを見て、三澤がどんな気持ちになるのかを考えたら、もっと嫌な気分になった。

いや、三澤の気持ちを勝手に決めつけるのは傲慢だと思うけどさ。

「やっぱりオレ、ここで待つから。先輩がすぐ来てくれればいいよ」

オレはにっこりと先輩に微笑みかけた。

「えっ、やっぱりここで待つの？」

藤島さんはまだそれにこだわっていた。

「優ちゃん、変だよ。どうしたの？」

明良も我慢できずに口を挟んだ。

「別に。じゃあ、裕司は早く行ったら？」

「藤島、本当に何も企んでないか？」

「全然」

藤島さんは何もないふりをして、先輩に手を振った。先輩は怪しみながらも、藤島さんに背を向け、校舎に戻ろうとした。

そこへ、見覚えのある車が一台やってきて、校門の前に停まった。

義典さんの車だ。

一体、何をしにきたんだろう。いや、ここは義典さんの母校だし、何か用があるのかもしれないけど。

義典さんは車を降りて、オレ達四人を見回した。

「なんだ？　俺に用があるのは藤島だけじゃないのか？」

その言葉に、藤島さんは肩をすくめてバツの悪い表情をした。当然、先輩は藤島さんを睨んでいる。

「藤島、上崎先輩を呼び出して、なんのつもりだ？」

鷹野先輩の冷たい視線に晒されて、藤島さんは開き直ったのか笑みを浮かべた。

「いや、個人的に用事があったんだよ。上崎先輩は伝説の人だし」

つまり、何か相談事があったってことだろうか。それにしては、こんなに人のことに首を突っ込んできて、ずいぶん余裕があるみたいだけど。

「用があるのは藤島だけか？　その『伝説の人』とやらのせいで、藤島にはさんざん要領よくこき使われたもんだが、卒業してもまだ俺を利用する気らしいな」

義典さんはそう言って、ほがらかに笑った。でも、視線はしっかりオレと鷹野先輩のほうを向いている。

「鷹野、由也と二人でこれから帰るところか？」

「いえ……俺はまだちょっと用があるので。由也、一緒に生徒会室に行こう」

さっきまで、オレはここで待つことになっていたのに、いきなり先輩はオレを生徒会室に誘った。もしかして、先輩は義典さんに嫉妬してるのかな。

「生徒会室？　もう引き継ぎはとっくに済ませた頃なんじゃないか？」

義典さんは先輩を呼び止めた。仕方なく先輩は義典さんに向き直る。

「はい。新生徒会長からいろいろ相談があって……」

「おまえも便利屋にはなるなよ。引き継ぎは済ませたなら、放っておけ。自分達でなんとかするようにさせておかないと、後で困ったことになるぞ」

義典さんは三澤のことなんか知らないだろうに、鷹野先輩に注意した。それはやっぱり自分の経験からのアドバイスなんだろうか。

「それはそうですが……。後輩に頼られると、上崎先輩も力を貸したくなるでしょう？」

「まあな。だが、引き際ってもんもちゃんとあるんだよ。そこを見誤ると、大変なことになる。鷹野の場合、可愛い恋人がいるんだから、変なのに掴まると困るだろう？」

「『変なの』ですか……？」

鷹野先輩は苦笑した。

この場合、三澤のことが当てはまるけど、変なの呼ばわりはちょっと可哀相な気がした。

「まあ、とにかく、由也には心配かけるなよ。おまえは昔からその手のことには鈍感だったから」

さっきも藤島さんに鈍感だと言われたせいか、先輩の表情がちょっと変わった。

「上崎先輩……。藤島と結託して、何をしようって言うんですか？」

「結託も何も、俺は藤島に呼ばれて来ただけだ。何を勘違いしているか知らないが、藤島の話はこれから聞くんだよ」

義典さんは呆れたように言った。

「それは失礼しました。だが、藤島はあなたに俺と由也のことを相談するつもりですよ。もっとも、そんな相談、受けるだけ無駄だと思いますが。あなたこそ、引き際を大事にしたほうがいいんじゃないですか？」

それは、鷹野先輩らしからぬ、皮肉たっぷりの言葉だった。

いくら、藤島さんのやりとりがあった後だからといっても、それは義典さんには何も関係がないことなのに、そんな嫌味なことを言うなんて……。

だいたい、義典さんは先輩の尊敬する人だったはずだけど。そんな人に対して、こんな口をきいてしまう先輩の今の気持ちが、オレには判らなかった。

「裕司、そういう言い方はないんじゃないか？　確かに、僕は上崎先輩に相談して、君達にお節介しようと思っていたよ。それが本当にお節介でしかないのなら謝るが、文句は僕に対して言えばいい。上崎先輩に皮肉を言うのは間違ってる」

事の原因である藤島さんが、すっかり険悪になってしまった二人の間に割って入った。

「その相談を俺にするのは悪い冗談のようなものだぞ、藤島」

義典さんはそう言ったが、藤島さんのほうはまさかオレと義典さんが付き合う約束をしたり、キスしたなんてことを知らなかったんだ。単純に、義典さんがオレのことも鷹野先輩のことも知っているから、何か知恵が借りられないかと藤島さんは思ったんだろう。

「しかし、何かいろいろ問題がありそうだな。鷹野は俺が首を突っ込むのは嫌なようだが、場合によっては相談に乗らないこともないぞ。他ならぬ由也のためだからな」

義典さんもどうやらかなりエキサイトしているらしかった。よほど、鷹野先輩の言葉にカチンときたんだろう。

「勝手にすればいい。由也、行こう」

先輩はオレの腕を掴んだ。

「でも、オレは生徒会室には行きたくないし……」

控えめに自分の意見を言ったが、先輩は強引にオレを連れていこうとする。

「先輩！」

オレはオレの言うことも聞こうとしない先輩の手を振り払った。

先輩が鋭い目でオレを見る。そんな目で見られたことなんて、今まで一度だってない（少なくともオレの記憶の中では）から、オレは何も言えなくなった。

オレの脳裏にいくつかの光景が浮かぶ。先輩との思い出が、目まぐるしくオレの頭の中に現れたんだ。

いきなりの記憶の出現に、オレは眩暈がして、足元がフラついた。

「由也……っ」

明良が駆け寄り、よろけたオレを後ろから支えた。

「鷹野先輩！　優ちゃんの過剰なお節介はよくなかったと思うし、先輩が怒る気持ちも判るけど、由也には関係ないはず。悪いけど、先輩がそんなふうなら、オレが由也を連れて帰ります」

えっ、オレ、明良と帰るんだ？

ちょっとビックリしたけど、この場合はそのほうがいいかもしれない。こんな目で見られた後に、オレは先輩と仲良く帰れないよ。

それにしても、明良はいつもオレのことには必死になってくれる。自分のことにはすごく弱い感じがするのに。

オレの頭の中に、大きな瞳に涙を溜めた明良や、オレのことを必死になって元気づけようとしてくれる明良の姿が浮かんだ。

ああ……。

オレと明良の間には、いろんなことがあったんだな……。

先輩に鋭い目で見られて、凍りついたようになった胸が何か熱いもので満たされていくような気がした。

明良はオレの肩に手を回した。

「いいですね、鷹野先輩？」

「……由也はどうするつもりだ？」

先輩はオレをじっと見つめた。さっきみたいな鋭さは消えていたけど、今は先輩の胸に飛び込んでいけるような気持ちにはとてもなれない。

「今日は明良と帰るよ。オレ、よく判らないけど、先輩のほうが変だと思うから。いつも先輩は男らしく落ち着いていて、平等で公正な人だったはずなのに」

先輩は一瞬目を見開いたけど、すぐに視線を逸らした。その仕草も、オレは先輩らしくないと思った。

まだ先輩のことを全部思い出したわけじゃないけど、そんな気がしたんだ。

「俺は由也が思っているような、そんな大した人間じゃない」

もちろん、そうかもしれない。先輩だって嫉妬するんだ。人間でいる限り、いろんなことを考えてしまうし、決して聖人なわけじゃないと思う。

でも、オレの中の先輩はそんなイメージの人なんだ。

「とにかく、みんな落ち着いたほうがいいよ。こういうグチャグチャになったときに話をしたって、余計にこじれるだけなんだから。この話はまた明日しようよ。ね、先輩？」

明良がうまくまとめて、先輩は校舎のほうに帰っていった。

その後ろ姿がなんだか淋しそうに見えてしまって、オレは目を背《そむ》けた。ずっと見ていたら、そのまま先輩に駆け寄ってしまいそうだったからだ。

オレは先輩が好き。先輩はオレが好き。

それだけじゃ、どうしてダメなのか。どうして、こんな気持ちにならなくちゃいけないのか。オレには判らなかった。

それを全部、三澤のせいにできたらいいのに。でも、そうじゃないよな。三澤は原因の一つだけど、大元は違う問題なんだ。

「由也……大丈夫？」

明良はオレを慰めるように肩をさすった。

「大丈夫。ホント。大丈夫だから……」

無理して笑顔を作ったら、明良はキュッと眉を寄せた。

「そんなに平気なふりしなくていいよ。苦しいときは苦しい顔していいじゃないか。由也はいつも我慢しすぎなんだから」

そうは言われても、オレはそういうふうに育てられてきたからさ。泣き言は言うな、涙を人に見せるなってさ。

姉さんが二人いて、待望の男児誕生ってやつで、父さんはオレに期待をかけてたんだよな。なのに、事もあろうに、オレは母さん似の女顔だし。父さんはオレをたくましく育てたかったんだと思う。つまり、鷹野先輩みたいなタイプが理想の息子だったんだろうな。

残念ながら、オレは男と付き合ってるし、たくましいどころか、美人顔と呼ばれるしさ。

「我慢し慣れてるっていうかね。よっぽど泣きたいときは泣いてるから、心配しなくていいよ」

オレは明るくそう言ったけど、明良にしてみれば、そういう態度も心配なんだろうな。

「とにかく、優ちゃん。オレ、由也と帰るから」

明良は藤島さんを振り返って言った。

「えっ、同じ電車なんだから、一緒に帰ろうよ」

「ダメ。優ちゃんは上崎先輩に用があるんだろう？　鷹野先輩と由也のことはいいから、自分のことでもしっかりアドバイスしてもらったら？」

明良の言葉を聞いて、義典さんが吹き出していた。

「上崎先輩。優ちゃんにちょっと説教をして、ちゃんと叱ってやってください」

「おいおい、明良。僕は裕司と由也くんのためを思って、上崎先輩に相談しようと思ったんだよ。そんなに余計なお節介呼ばわりしなくてもいいじゃないか」

藤島さんはちょっと不機嫌気味の表情で腕を組んだ。

「じゃあ、どうしてオレに黙ってたんだよ？　オレが反対するって判ってたんじゃないの？　ここまで話がややこしくなったのは、優ちゃんのせいだよ？」

明良に突っ込まれて、藤島さんは急にわざとらしく視線を逸らした。

「えー……上崎先輩、こういう場合はどうしたらいいんでしょうかねえ？」

義典さんはクスクス笑いながら、藤島さんの肩を掴んで、明良のほうに向き直らせた。

「さっさと謝ってしまえばいいんだよ。俺は二組のカップルの面倒までは見切れないぞ」

「なるほど。……明良、ごめん」

藤島さんは素直に明良に頭を下げた。

明良も恋人に殊勝《しゅしょう》な態度を見せられてまで意地を張る必要はないはずなので、すぐに表情を和らげた。

「うん。優ちゃんが判ってくれればいいよ。オレ達まで喧嘩することはないからね。後は、鷹野先輩がもう少し由也に気を遣ってくれればいいだけで」

藤島さんもその明良の言葉には深く頷いていた。

「由也……。本当に大丈夫なのか？　よかったら家まで送っていくけど？」

義典さんはオレにそう声をかけてきた。

「いいえ、そういうわけにもいかないし……」

「そうだろうな。鷹野があの調子なら、由也が俺の車に乗っただけでキレそうだ。今まであんな鷹野は見たことなかったが、まあ、それだけ由也には夢中だってことかな」

「そうかなあ。オレ、なんだか判らなくなってきてしまって……」

先輩の気持ちを疑ってるわけじゃないけど、どうしてこんな思いまでして、どうしてオレは先輩と付き合ってるのかなあと思ったんだ。

いや、もちろん、オレは先輩のことが好きで、たまらないんだけど。

自分の心がコントロールできないなんて、こんな苦しい思いはあまりしたくない。もっと楽しいだけの恋ならいいのに。先輩だって、そういう気軽な付き合いのほうがいいに決まってるよ。

ひょっとして、オレなんか、先輩にとっては重い荷物って感じじゃないのかな。だけど、先輩は優しいから、今更、オレを突き放せなくて、惰性《だせい》で付き合ってるだけとか。

「由也。あまりいろいろ考えるな。落ち込んでるときに考えることなんか、ロクなことじゃない。どうせだから、明良くんとどっかで遊んできたらいい」

義典さんはまるでオレの考えを読んだみたいにそう言った。

「そうだよ。今日はオレと遊びにいこう」

明良は楽しそうにオレの肩を叩いた。藤島さんがつまらなさそうにしてるから申し訳ない気もする。だけど、どっちみち、藤島さんは義典さんを呼び出しておいて、このまま明良と帰るわけにもいかないだろうしな。

だったら、オレと明良が遊びにいったって、ちょうどいいってことだ。

「藤島さん、今日は明良を借りますね」

明るく言ってみると、藤島さんは引きつったような笑顔を返してくれた。

「いいけど、君達二人で危ないところへ行かないようにね。知らない男に声をかけられても、ついていったらダメだよ」

オレは思わず明良の顔をちらっと見てしまった。

いや、明良もけっこう大変だなあと思ったんだ。


「優ちゃんって、過保護なんだよ。オレ達二人、こう見えても男なのにさ。どこの誰がナンパしてくるって言うんだよ」

明良は思い出したように、藤島さんのことでブツブツ言っていた。

駅前商店街の一角にあるゲーセンでさんざん遊んだ後、ファーストフード店でハンバーガーを食べ、今は駅に向かう途中だった。

明良の『こう見えても』という点だけが引っかかるけど、オレも明良と同意見だ。とはいえ、この辺りは天堂高校の生徒がウロウロしているし、ゲーセンにしろ、さっきまでハンバーガーを食べていた店にも天堂高校の生徒が山ほどいたんだ。藤島さんに言わせると、それが『危ないところ』

なんだろうな。

「まあ、いいじゃないか。それだけ明良が可愛いんだろう？」

「そうなんだけどさあ。もうちょっとオレのこと、信用したらって思うんだよね。なんでオレが知らない奴についていったりすると思うんだろう。オレ、子供じゃないよっ」

確かに子供じゃないんだろうけど、何しろ見かけが子供っぽいからな。藤島さんがつい不安になるのも判る気がする。

「藤島さんって、判りやすい愛情表現してくれるみたいだから、オレはちょっと羨ましいかな」

素直な明良を相手にしていると、オレも釣られて素直な発言をしてしまう。

「そうかな。でも、鷹野先輩は理性的すぎるところがあるから、大変だよね。由也より引退した生徒会や後輩のほうが優先なんて、男としては尊敬できても、恋人としてはちょっと……。あ、でも、今日みたいに感情的になってる先輩は初めて見たな」

でも、その感情的なところがなんだか違う矛先《ほこさき》に向いてたみたいだった。義典さんに嫌味を言ったりするよりは、まっすぐオレに向かってきてほしいのにさ。

だからって、藤島さんみたいに過保護な発言をいつもされたら、それはそれで嫌かもしれない。

勝手ながら、そう思ってしまった。

「人と付き合うって、いろいろ難しいよね」

恋愛だけに限ったことじゃないのかもしれないけどさ。

オレの意見に明良は頷いた。

「人を好きになるってさ、すごく強い感情を伴うよね。なんで友達と付き合うみたいに、単純に楽しく過ごせないのか、不思議だよ」

そうだ。相手の心を縛る独占欲なんかなければいいのに。

でも、相手にオレに対する独占欲がなかったら、それも嫌なんだ。ありすぎても嫌だし、やっぱり難しいよ。

「オレ、優ちゃんと一緒ってことが多いから、余計に今日は由也と二人で楽しいよ。優ちゃんと一緒なのも楽しいけど、いろいろ大変だから」

オレはベタベタと仲良くしていた二人を思い出して、ちょっと笑った。確かに、オレと鷹野先輩とは違った意味で大変そうだ。

「鷹野先輩と藤島さんって、親友なのに、タイプが違うよね」

「ああ、ホント。オレもいつも不思議なんだよ。でも、お互いの個性を尊重し合ってるみたいで、いいなあって思うんだけど」

なるほど。そういう感じはする。

「もしかしたら、タイプが違うから、上手くいってるのかもしれないよね」

先輩みたいな人が二人いるところや、藤島さんたみいな人が二人いるところを想像してみたが、やっぱりどっちも衝突《しょうとつ》しそうだ。

「そういえば、優ちゃんって……」

明良がふと言葉を途切れさせ、足を止めた。

どうしたんだろう。

オレは明良の視線を追ってみて、一瞬、胸の奥が凍りついたような気がした。

鷹野先輩がいた。

三澤と一緒に。

オレ達みたいな高校生があまり出入りしそうにない、品のいい喫茶店から二人は出てきたところだった。

どうして二人がここにいるんだよ。生徒会室に行ったんじゃなかったのか。

心臓がドキドキしている。頭の中がカッと熱くなってくる。

鷹野先輩に限って、浮気なんてことはないはず。だけど、オレの記憶は完全じゃないから、今の二人を見て、先輩がオレだけを好きだって自信が持てない。

いや、自信なんか元々なかったんだ。ただ、先輩はそういう人じゃないって、それだけを信じていたんだよ。

でも、今はそれも信じられない。ただ二人が一緒にいただけ。それだけなのに、オレはどうしても先輩を疑ってしまう。

そんなはずないって、そういう気持ちもあるのに。ただ、用があって、たまたま喫茶店に行ったんだって、そう思いたいのに。

オレの記憶はどうしてなくなったんだろう。本当は……こんなふうに耐えられないような何かがあって、オレは先輩のことを忘れてしまったのかもしれない。

そして……オレは今、同じ体験をしているのかもしれなかった。

先輩を信じたい。でも、信じられない。

ああ。どうして……。先輩はこんなにオレを苦しめるんだよ……。

心臓の鼓動と一緒にすごく頭が痛くなってくる。

「由也、しっかりして！」

ふらついた身体を明良が支えてくれた。

だけど、その声に反応したように、先輩と三澤がこちらを向いたんだ。

「由也……！」

先輩の目が大きく見開かれた。

そして、先輩がこちらに向かって足を踏み出したとき、オレは明良の手を振り切って、逆方向に駆け出した。

今は先輩と向き合いたくない。先輩の話を聞きたくないと思うのは、最大級のわがままなのかもしれないけど、どうしても今は話したくなかった。

人込みを通り抜け、道路を渡る。

赤信号だというのに気づいたときには、車は間近に迫っていた。

急ブレーキの音が響き渡る。

オレは強い力に引き戻され、車道に転がった。

頭が痛む。どっか打ったのかな。それすらも判らないくらいに頭が痛かった。

視界が暗くなる。ひょっとしたら、貧血でも起こしてるのかもしれない。

「由也！」

先輩の声が近くで聞こえた。

だけど、オレにはもう何も見えなかった。


気がつくと、オレはベッドに寝かされていた。

誰かがオレの手をじっと握っている。誰の手だろう。大きくてオレよりごつい手で……オレの手を包むように握られていた。

すごく温かい手で、オレはその手に握られているだけで、とても気分が落ち着くような気がした。

目を開けて、ズキズキと痛む頭をそっとそちらのほうに動かしてみる。

「由也！　気がついたのか！」

オレの手を握っていたのは先輩だった。ベッドに椅子を寄せて、そこに座って、オレの手をずっと握っていたみたいだった。

ここは病院かな。窓の外は暗いし、夜みたいだ。

オレはどうしたんだろう。確か事故に遭って……。

「先輩……オレ、変な夢を見てたよ」

「どんな夢だ？」

先輩のもう片方の手がオレの前髪を優しくかき上げた。

「オレが記憶喪失になる夢。裕司先輩のことを全部忘れちゃう夢だった」

先輩は驚いたような顔をしたけど、すぐに微笑んだ。

「由也、それは夢じゃない。本当にあったことだ」

「えっ……？」

オレはパチパチとまばたきをして、先輩の顔を見つめた。

「記憶が戻ったのか、由也？」

「あ……そうみたい。たぶん」

全部戻ったかどうかは、よく判らないけど、一週間前の夕飯のおかずとか、そういう細かいこと以外はちゃんと覚えてるようだった。

そうだ。オレはバイクの後ろに乗っていて、トラックがバイクの前にいきなり迫ってきたんだ。

バイクが滑るように斜めになって、オレはちゃんと掴まってなかったから、車道に投げ出されてしまったんだよ。

それから、記憶をなくして……。

また事故に遭いそうになって、記憶を取り戻したんだ。

オレは突然、先輩と三澤が一緒にいたあの場面を思い出した。

握られていた手をオレは急に引っ込めた。

「由也！」

オレの強張《こわば》った表情から、先輩はオレが何を思い出したのか判ったらしい。

「由也、聞いてくれ。あのとき、三澤と一緒にいたのは、三澤の気持ちをはっきり確かめておきたかったからなんだ」

先輩の意外な言葉に、オレはいったん逸らした視線を先輩の顔に向けた。

先輩はオレから目を背けたりせず、しっかりとオレと目を合わせている。つまり、それは先輩の言ってることが、まぎれもなく真実だということだ。

もちろん、先輩が嘘を言う人だなんて思ってないけど。

「先輩は三澤に自分を好きかどうかって訊いたの？」

「そんな直接的な言葉では訊いてないが、まあそういうことだ。それがはっきりしないことには、由也が悩んでいることに対処できないからな」

まさか、先輩がそういう方法を取るとは思わなかった。

いや、あまりに男らしいストレートな解決の仕方で、確かに先輩らしいといえばそうなんだけど。でも、今までだったら、先輩はもっと三澤の味方についたと思う。

だって、三澤は何も悪いことはしてないからだ。少なくとも、表面上は生徒会のためだったし、先輩の可愛い後輩でいたはずだ。

「三澤は俺を好きだと言った。一緒にいたかったから、生徒会を口実に使ったと認めた。だから、俺はもうこれ以上、生徒会には立ち入らないと伝えた。それで全部だ」

先輩は淡々と言ったけど、三澤の気持ちを考えると、ものすごくつらかっただろうと思う。でも、先輩に面と向かって気持ちを尋ねられたら、嘘はつけなかったんだろうな。

先輩のことを好きなら、尚更《なおさら》……。

「俺は今までそういうことに鈍感で、由也にはずいぶん嫌な思いをさせてきたんだろうな。本当にすまなかった」

先輩に謝られて、オレは慌ててしまった。

「そんな……。先輩はちっとも悪くないんだよ。オレが勝手に悩んでいただけで」

本来、それは先輩が謝るべき問題じゃないと思う。オレ一人の心の中の問題で、先輩が解決してくれるとも思ってなかったし、どうにもならないものだと思っていたから、ただ悶々と悩んでいただけだったんだ。

「上崎先輩が俺達の前に現れたとき、俺はすごく嫉妬したよ。上崎先輩が俺の恋人と知っていながら由也に手を出すはずがないと判っていても、なんだかモヤモヤしたような嫌な気持ちになってしまって、理性でねじ伏せることができなかった。だが、これこそが由也を悩ませているものの本当の正体じゃないかとも思ったんだ」

オレは目を見開いて、先輩を見つめた。

「由也は自分に対して潔癖《けっぺき》すぎるところがある。こんな気持ちをずっと持ち続けることは、つらかっただろうと思う」

まさしく、それはオレがずっと悩んでいたことだ。

嫉妬そのものじゃない。自分を上手くコントロールできなくて、ただ真っ黒な気持ちに翻弄《ほんろう》されてしまう自分が嫌だった。

「裕司先輩……！」

オレは上半身を起こして、そのまま先輩に抱きついた。

先輩はオレの背中に手を回し、慰めるように撫でた。

「本当にすまなかった。今まで俺はおまえの気持ちを判ろうともしなかった。鈍感だと責められても仕方ないな」

目頭が熱くなり、涙が零れ落ちていく。

そうじゃない。やっぱり先輩は悪くないよ。それどころか誰も悪くはなかったって判ってるけど、今はそうやって謝ってくれる先輩の優しさに甘えたかった。

先輩を好きになってよかった。

そして、先輩を忘れたままにならなくてよかった。

オレは今、そう思うんだ。

「なあ、由也。俺も嫉妬するし、由也と同じように、自分の気持ちを持て余すこともある。それはきっと誰でもそうなんだと思う。由也だけが特別にそうじゃないんだ」

オレは先輩の胸の中で頷いた。

「だから、それはそれでいいんじゃないか？　由也は自分を責めすぎる。もっと自分を甘えさせてもいい」

「そうかな……？　そんなことしたら、オレはすごくわがままになって、鼻持ちならない嫌な奴になるかもしれない」

先輩はクスッと笑った。

「いや、由也は絶対そうならない」

「どうして？　そんなこと判らないだろう？」

オレがなるかもしれないって思うのに、どうして先輩はそんなに簡単に『絶対ならない』なんて言えるんだろう。

それに、オレはもう充分、わがままだと思うんだけど。

「俺が好きな由也はそうはならないからだ」

それって、理由にもなってない気がするなあ。

「難しく考える必要はどこにもないんだ。わがままが過ぎれば、俺はおまえにそう言う。おまえも、俺が嫌な奴になっていたら、そう言えばいいだろう？」

「あ……ホントだ」

先輩にそう言われたら、すごく気が楽になった。今まで胸につかえていたことがスーッと消えていくような気がしたんだ。

「今までオレは先輩に嫌われることだけが怖かったんだ。先輩を好きすぎて、すごくつらいって」

顔を上げて、正直に自分の気持ちを話してみると、先輩はとても優しい顔をした。

「俺は由也を嫌いにならない」

「そんなの判らないじゃないか。オレに飽きたとか、他に好きな人ができたとか、突然好みが変わって、オレのことが嫌になるとか……あるかもしれない」

「それは俺に限ったことじゃないだろう？　おまえだって、俺のことを嫌いになるかもしれない。何しろ、俺は人の気持ちが判らない鈍感な男だから。恋人の前で後輩を可愛がったり、尊敬しているはずの先輩に勘違いの嫉妬をして、嫌味を言ったり、この上なくみっともない奴だ」

先輩が自分の欠点を並べ始めたので、オレはビックリしてしまった。いや、確かに先輩はそういうことをしてきたけど、それでも、みっともないだなんてオレは思わないよ。

「オレはそんなことで、先輩のことを嫌いになったりしない。オレは先輩が思ってるより、ずっとずっと好きなんだからっ」

先輩はオレの目の前で微笑んだ。

「ほら、俺の気持ちと同じだ。だから、俺もおまえを嫌いにならない」

先輩の言葉は魔法みたいにオレの胸にすんなりと浸透していった。

先輩はオレの手を取り、指にそっとキスをする。

「俺は由也がこんなつまらない俺をそんなに好きでいてくれて嬉しい。だから、由也が想ってくれるのにふさわしい男になりたいと思う」

オレは先輩の唇を指で撫でた。

「そんな立派な人にならなくていいよ。先輩、もう充分立派だと思うし、それ以上、カッコよくなられたら、オレが追いつけないから」

つまり、オレ達はこのままでいいってことなんだよ。

そして、お互いのことをちゃんと見つめていればいいんだ。どんなことでも、目を逸らさずにね。

「好きだ、由也」

「うん……。オレも裕司先輩のことが今までよりもっと好き」

オレはもう一度、先輩の首に抱きついた。

そのまま唇が重なるか……というところで、ドアがノックされて、オレ達は慌てて離れた。

「由也、もう大丈夫なの？」

ノックしてすぐにドアを開けたのは、母さんだった。

いつも会社に着ていくスーツを着ていたから、仕事から家に帰ったところを呼び出されて、そのままここに来たみたいだった。

それにしても、ノックしてもらって助かったよ。そのまま開けられてたら、キスシーンをバッチリ目撃されるところだった。

もし見られていたら、今までの裕司先輩の清廉潔白《せいれんけっぱく》なイメージが台無しだ。母さんは父さんに報告するだろうし、父さんは昔気質《かたぎ》の頑固な人だから、男同士で付き合ってますなんて絶対認めないからね。

先輩はうちに出入り禁止だろうし、もちろん交際禁止だ。電話もかけられないよ。

「今、先生に、あんたの怪我はただの打撲で、検査の結果、脳に異常なしって聞いたけど……。あんたって子は、何度この病院にお世話になったら気が済むのよ？　事故に二度も遭うなんて」

「すみません。二度も、俺がついていながら、由也をこんな目に遭わせてしまって……」

先輩は立ち上がって、母さんに頭を下げる。

「えっ、違うのよ。鷹野くんには感謝してます。由也をギリギリで庇って助けてくれたって、廊下で会った明良くんに聞いたわ」

そういえば、車にぶつかりそうになったときに強い力で引き戻されたが、あれは先輩が助けてくれたのか。

「先輩、ありがとう」

「いや、由也が怪我をしたり、せっかく取り戻しかけた記憶がまたなくなったりしたら、俺は自分をどう責めていいのかも判らなくなるからな。本当に……怪我がなくてよかった」

先輩はもうオレの身体に触れることはなかったけど、その代わりオレを見つめる視線が柔らかだった。そして、オレはそれだけでとても心地よかったんだ。

「あ、母さん。事故のショックで記憶が戻ったみたいだから」

肝心なことを母さんに伝えると、母さんは目を丸くした。

「えっ、本当に？」

「うん。反対に、記憶をなくしてたときのことが、まるで夢の中の出来事みたいに思えてさ」

「あんたって、つくづくお手軽な脳細胞してるのね」

そう言いながらも、母さんはやっぱり喜んでいるようだった。当たり前っていえば、当たり前だけどね。

「早速、看護婦さんに報《しら》せてこなくっちゃ。鷹野くん、悪いけど、お願いね」

母さんはかなりウキウキと病室を出ていった。

ということは、記憶がなくなっていたことを、母さんは本当に心配していたらしい。口が悪いから、ストレートには伝わってこなかったけど。

「頭が痛いと思ってたら、打撲のせいだったんだね。どうりで氷枕で冷やしてあるはずだよ。タンコブでもできてんのかな」

「気を失ったまま意識を取り戻さないから、今度こそ、取り返しのつかないことになったんじゃないかと焦った。救急車まで呼んだんだが、覚えてないか？」

「全然。そういうところは記憶喪失になったのかも」

笑いながらいい加減なことを言うと、先輩少し怖い顔をした。

「本当に心配したんだぞ。信号も見ずに飛び出していくなんて、幼稚園児以下だ」

「えーと……スミマセン」

神妙な顔をして謝ったら、先輩はやっと笑ってくれた。

「もしかしたら、気を失っていた間に、おまえの頭の中では記憶の再編成みたいなものが行われていたのかもしれないな。なんにしても、記憶が戻ってよかった……」

「うん。……そうだね」

またノックの音がして、今度は明良と藤島さん、そして義典さんが入ってきた。

「今、おばさんに聞いたけど、由也、記憶が戻ったんだって？」

明良が飛びついてきそうな勢いでオレの傍までやってきた。

「うん。みんなにもいろいろ心配かけたけど、オカゲサマで」

「よかった！　鷹野先輩とも仲直りしたみたいだし、本当によかった」

明良にそう言われて、オレと先輩は顔を見合わせて笑った。

「なんだ、もう仲直りしたなら、俺が伝説の人としての役目を果たせなかったわけだな。残念のような、嬉しいような複雑な気分だなあ。せっかく、藤島にあれこれ聞いて、これから何か仕掛けようと思っていたのに」

義典さんは複雑な気分と言いつつも、残念そうな口調で言った。人がせっかく仲直りしたのに失礼といえば失礼な話だ。

ま、冗談なんだろうけど。裕司先輩も笑ってるから、それでいいか。

「上崎先輩は立派に伝説の人としての役目を果たしましたよ。あそこに先輩が現れなかったら、俺は由也にさせている嫌な思いにも気づかなかったから」

「そうか？　だったら、伝説続行というわけだな」

結局、義典さんはなんだかんだとグチを言っていたくせに、伝説云々《うんぬん》をけっこう気に入っていたらしい。というか、けっこうお節介好きなのかもしれなかった。

「僕も裕司と由也くんが微妙な関係になってしまったら責任感じるから、仲直りできて本当によかったと思うよ。それで、記憶も戻ったなんてね」

藤島さんはにこにこしながら明良の肩に手を回した。

どうでもいいけど、人前でもおかまいなしに、この二人はベタベタするなあ。ていうか、藤島さんがかなり一方的に接触するのが好きみたいなんだけど。

「藤島にもいろいろ世話をかけたな」

裕司先輩がそう声をかけると、藤島さんはフフッと笑った。

「どういたしまして。一応、僕は君の親友なんだから、これからは、ちょっとは僕の言うことも聞いてほしいな。頭から否定せずにさ」

「そういうつもりじゃなかったが……頭に血が昇ると、ワケが判らなくなるタチだったらしい」

「それに気づいたってことは、君も成長したってことだよ。……なんてね」

「優ちゃん、なんかエラそう」

明良にツッコミを入れられて、藤島さんは笑った。

「ホントだね。でも、二人の仲直りを祝福してることだけは本当の気持ちだよ」

「ああ、判った。もし、おまえ達が喧嘩したら、俺がお礼代わりに上崎先輩に相談しておいてやるからな」

「えっ、それは遠慮しておくよ」

藤島さんは何故か慌てたように言う。

「どうしてだ、藤島？　俺は役に立つぞ」

義典さんは藤島さんの遠慮が気に食わなかったみたいだ。

「上崎先輩は問題を解決してる途中で、必ずトラブルの種を新たに蒔《ま》くんだから。それも自分で解決してるから、最終的には万事ＯＫなんだけど」

えっ、藤島さんはそれを知ってて、オレ達の問題を義典さんに相談しようとしていたのか。オレと裕司先輩は呆れて顔を見合わせた。

「優ちゃん、ちょっと最低……かも」

明良にボソッと呟かれて、それから、藤島さんは明良の機嫌を取るのに必死になっていた。


記憶を取り戻して最初の日曜日。

オレは裕司先輩の家に遊びに来ていた。

いや、家というより、先輩の部屋だな。オレは広い部屋の中にあるソファに腰かけて、先輩がコーヒーを持ってきてくれるのを待っていた。

この間、記憶がないままにエッチをしてしまったことを思い出すと、なんだか照れてしまう。いや、その前からずっとエッチはしていたわけだから、今更照れるほどのことじゃないような気もしたけど、あれは初めてのようで初めてじゃなかったっていう変なエッチだったからさ。

先輩はカップを二つテーブルの上に置いた。

オレの隣に先輩が腰かけて、ちょっとドキッとする。

「どうした？　緊張しているみたいに見えるが」

「き、気のせいだよっ。別にオレは緊張なんかしてないって」

本当はすごく緊張してるけど。いや、緊張とは違うかもしれない。記憶喪失なんていうアクシデントが間に挟まって、今はすごく新鮮な気持ちなんだ。

こうして先輩の隣にいられることが嬉しくて……。

付き合ってる間にいろいろ不安なこともあったし、離れていたこともあった。でも、先輩が傍にいることが当たり前なときのほうが断然多かった。

先輩はオレのもの……なんて。

そんなふうに傲慢にも思ってるオレがいたんだ。

でも、今は先輩の恋人でいることが嬉しい。先輩に肩を抱かれて体温を感じられることがとても幸福に思えるんだ。

ちょっとクサいけど、世界中にたくさんの人間がいるんだよ。その中で、オレは先輩と偶然に出会って、偶然に恋に落ちたんだ。

しかも、同性同士なのに。

そして、同じ強さでオレ達は惹かれ合っている。それがとんでもなく幸せなことなんだって、オレはこの間まで気づけずにいた。

ダメだ……。今のオレ、ものすごく盛り上がってるよ。先輩以外のものが何も目に入らないくらいに。

オレは落ち着こうと、先輩が淹《い》れてくれたコーヒーに手を伸ばした。

カップに砂糖とミルクを入れて、かき混ぜる。それから、カップを自分の口元に持っていこうとして、ふいにその動作を先輩がじっと見ていたことに気づいた。

オレはカップに口をつけることができずに、そのままソーサーの上に戻した。

「どうした？　飲まないのか？」

先輩はオレの不審な行動を心配したように声をかけた。

「先輩！　ごめんなさいっ」

「由也？　何を謝ってるんだ？」

「オレッ……今、コーヒーどころじゃなくて……！」

もうたまらなくなって、先輩に抱きついた。

こんなの、まるでエッチしてくださいと頼んでるみたいで、恥ずかしいんだけど、他にどうしていいか判らなかった。

とりあえず、コーヒーどころじゃないのは本当のことだった。

「由也……」

先輩は優しい声でオレの名を呼び、背中を撫でた。

「実は俺もコーヒーどころじゃない。いきなりおまえが欲しいと言うわけにもいかず、やせ我慢していたんだ」

「本当？」

なら、オレと先輩の相性はバッチリだね。せっかくのコーヒーは冷めてしまうけど。

顔を上げると、先輩の整った顔がオレに覆い被さってくる。

「あ……んっ」

唇が塞がれる。

優しくて甘いキスだ。そして、それから激しいキスへと変わっていく。

オレはソファでキスされただけで、全身の力が抜けそうだった。キスされることが、こんなに嬉しくて甘い気分になることだったなんて……。

いや、もちろんキスは何度もしたことあるし、その度に嬉しかったんだよ。でも、今ほど先輩のキスがオレを蕩《とろ》けさせることはなかったような気がする。

これって、オレの気分が盛り上がってるせいなのかな。いや、オレだけじゃない。先輩の気分も最高潮らしい。

先輩は唇を離しては何度も思い直したようにキスを繰り返す。二人で舌を絡め合って、それだけで高ぶってくるものがあった。

先輩はオレのTシャツの裾から手を差し入れた。

別にこういうときのために着てきたわけじゃないが、薄いTシャツはすぐにめくれ上がって、先輩の手の侵入を許してしまう。

オレの弱いところの一つ、胸の突起を探り当て、先輩はキスしながらそこを指でつまんだ。

「んっ……っ」

気持ちいいけど、過剰に感じてしまうから、そんなに性急に触られると、ちょっとつらい。オレはキスしながらも、その刺激から逃れようと身をよじった。

でも、それくらいでは、先輩は許してくれないんだ。いつもはオレが嫌がるとやめてくれたりもするんだけど、今日は盛り上がってるせいか、オレをもっと感じさせたいようだった。

「んーっ……」

抗議の声を上げたくなるほど、先輩はそこを少し強くつまんだ。でも、すぐに今度は軽く撫でる。

しかも、それをキスしながら繰り返すんだよ。

裕司先輩って、やっぱりムッツリスケベ……。

表面からは男らしいところばかりが見えて、まさか先輩がここまでエッチなことをするなんて、先輩に憧れてる後輩の誰も思わないだろう。

オレだけが知ってる先輩の秘密と思えば、可愛いものかもしれないけど。

でも、刺激が強すぎてつらいんだってば。

胸だけでこんなに感じてしまうオレもオレって気がしないでもないが、それもこれも先輩が好きだからだ。

大好きな先輩にキスされながら刺激されるからこそ、感じるんだと思う。

うん。そうだよ。これは先輩のせいなんだから……。

先輩はやっと唇を離してくれた。

薄目を開けて先輩の様子を見ると、先輩はそんなオレを見つめて、ちょっとイヤらしい笑みを浮かべた。

先輩はあまり表情が変わらない人だし、ここまでイヤらしい顔をすることは少ないんだけど、それをするときの先輩はかなりボルテージが上がってるときなんだ。

それだけオレのことを可愛がりたいと思ってるんだってことは判るんだけど。

オレだって……先輩にちょっぴり可愛がってほしいし。いや、可愛がってって言うと、なんだか言葉として不適当かもしれない。

オレはただ先輩に好きなようにしてもらいたくなるんだ。

もっとエッチなことされたいっていうのかな。

それも言葉にしてみると、妙に気恥ずかしいし、言いたくないけど、オレの心の中にはひそかにそういう気持ちがあるんだ。

先輩はオレの胸に舌を這わせた。そして、さっき指でいじっていた小さな乳首を舐め始める。

「あ…っ…あっ……ぁ」

舌で刺激されると余計に感じる。指で触られるよりはマイルドなんだが、さっきまでさんざんいじられていたから敏感になっていて、身体がビクンビクンと跳ねるほど感じてしまう。

片方を舐めて、もう片方を指で撫でて……。

それを交互に繰り返されて、しかも丁寧だから、オレはもうこれだけでイッてしまうかと思った。

もちろん、まさか胸だけでイクわけにはいかないよ。

オレはなんとか踏みとどまっているんだけど、先輩はさらに下半身のほうに手を伸ばし始めた。

「あ……先輩っ」

まだソファにいるのに、先輩の手はオレのジッパーを下ろして、ズボンの中へと入っていくんだ。

「ああ……っ」

下着の上から軽く撫でられただけで、イッてしまいそうなくらいに感じた。

どうせだったら、直接触ってイイ思いをさせてほしい。すぐにイッてしまうのは間違いないけど、もうそれでもいいと思えるほど、オレは感極まってた。

だけど、こういうときに限って、先輩はオレを焦らすんだ。

もっと過激に触れてほしいのに、下着の上から指で形をなぞるだけ。

今のオレはこれだけじゃ満足できないのに。

「裕司せん…ぱいっ……」

もっとしてほしいという意思表示をする。いや、したつもりなんだけど、先輩は気づかないふりをしてるみたいだ。

オレでもっと遊びたいんだろうか。

焦らして感じさせたいのかもしれないけど、オレは我慢したくなかった。ていうか、できなかったんだ。

身体が震えるくらいに刺激がほしい。

オレは上から触る先輩の手を無視して、自分の手を下着の中に潜り込ませた。

「こら、由也」

先輩は笑いながら、オレの手を放り出す。

「嫌だ……っ。先輩、焦らさないで」

オレは思わず泣き言を言った。

「イキたいのか？」

先輩は仕方なさそうに訊いてきた。できれば、自分の計画を遂行したいんだろう。

でも、オレがいっぱい頷くから、先輩は胸への愛撫を中断して、オレのズボンと下着を脱がせた。

ソファの上なのに恥ずかしい格好だ。もちろん、バスルーム以外では、どこでしたって恥ずかしい格好かもしれない。Tシャツは首までめくられて、下は何も身につけていない。しかも、足は左右に大きく広げられているんだ。

先輩は濡れて震えてるそこを握り込んだ。

「あぁ……っ」

全身を快感が貫く。

気持ちよすぎて、雲の上にいるみたいだ。先輩が手を動かす度にいやらしい音が聞こえてくるし、気持ちいいし、なんだかおかしくなりそうだった。

「あっ…あっ……せんぱ…いっ」

オレはそんなに時間もかからずにあっさりとイッてしまった。

一度イけば、ある程度は満足してしまうもので、オレは乱れた息を整えるべく深呼吸をした。が、先輩はオレをそんなに穏やかな気持ちにさせる気はなかったらしい。濡れた手をオレの足の間に差し入れてきたんだ。

いつも先輩を受け入れる場所を触られる。

指が濡れているから、なんだか気持ちよくて……。いや、乾いた指であっても、オレの場合、そこを触られると弱いんだけどね。

指がするりと入っていく。

「あ…んっ……」

オレは先輩の指をしっかり受け止める。

「そんなに締めつけるな」

先輩は苦笑する。オレはさっきの余韻が残っているから、つい力を入れてしまうんだ。もちろん無意識で、だ。意識的に先輩の指を締めつけるなんて、考えただけでも恥ずかしいよ。

先輩の指は奥までどんどん入っていく。もちろん、本当に奥まで入るわけがない。根元まで埋め込むのが精一杯だ。

オレは最初、そこまで入れられただけでも、もう勘弁な気分なんだけど、そのうちにだんだんそれだけでは足りなくなってくる。

オレはねだるように腰を動かした。

先輩は指を増やして、それを抜き差しする。だけど、それはほんの一瞬の満足に過ぎない。

「裕司先輩っ……もっと……っ」

オレは涙目になりながら、先輩を誘うんだ。

先輩にしてみれば、最初の恥じらいは一体どこへ行ったんだろうねえと言いたくなるほどの変身ぶりかもしれない。

腰を動かして、自分で前の部分をいじりながら誘う。それで先輩が誘われてくれるのかどうか判らないけど、一生懸命アピールしないと、もう我慢なんかできそうにないから。

それに、先輩だって、もう限界じゃないかな。

先輩は指を抜くと、自分の硬くなったものを取り出した。

オレだって、もっと余裕があるなら、先輩のを舐めたりとかしてあげたい。でも、そんな余裕は今のオレには全然なかった。

早くオレの中に入れてほしいって、それだけで頭がいっぱいになってしまっている。

先輩と一つになりたいんだ。

足を抱え上げられる。そして、その中心に先輩は腰を進めた。

「……あっ……」

一番いいところが一番いい刺激で擦られていく。

ソファの上だから狭くて変な態勢でオレと先輩はつながってるんだけど、それが妙にイイ。先輩はそのままの角度でオレの中をどんどん侵食していく。やがて、身体の中から熱くなっていって、オレは先輩にしがみつきたくなってきた。

先輩はオレの身体を起こした。

向かい合わせで抱っこされる感じで、オレは突き上げられていく。

「あっ…ん…あっ……あぁ……」

オレの切なげな声が部屋に響いている。もうそれが恥ずかしいと思う余裕もなく、オレは淫《みだ》らな声を上げていた。

もっと先輩と奥まで交わりたい。

そんなの無理だし、これが限界なんだけど、いっそ溶《と》け合って一つになりたいくらいに、オレは先輩のことが好きだった。

気持ちには終わりがない。オレは前よりももっと先輩が好きになる。そして、決してそれは途切れたりしないものなんだ。

記憶をなくしても、オレ達はこうして身体を重ねたよね。それはオレと先輩をつなぐ絆《きずな》が深かったからなんだと思う。

オレと先輩はつながっているから。

マリオネットみたいに、先輩の言葉や態度や笑顔で翻弄されて。

それでも、オレは先輩が大好きだよ……。

オレは先輩の熱い迸《ほとばし》りを受けて、再び達していた。


まずソファで一回。次にベッドでもう一回。さらにバスルームで立ったままもう一回。

そこまですれば、さすがにオレも先輩も満足した。というか、オレはもう力が尽きたという感じで、裸のままベッドに入っている。

コーヒーはとっくに冷めてしまって、先輩はもう一度あったかいコーヒーを持ってきてくれた。

ちなみに、先輩は上は裸だけど、下はズボンを穿《は》いている。

「由也、熱いから気をつけろ」

先輩はベッドから上半身だけ起こしたオレに、ミルクと砂糖を入れたコーヒーカップを渡した。

「おいしい……」

熱いコーヒーは身体の中を暖めてくれる。今まで疲れきっていたオレだったが、新たな力が甦《よみがえ》ってきたような気がした。とはいえ、もうエッチはしなくていいと思う。

記憶喪失だった頃の分を取り戻すような激しいものだったからだ。

本当に思い出すと、ちょっと赤面ものだ。行為も激しければ、体位もかなり……。アクロバット的だったと思う。いや、してる最中は夢中だったから、よく覚えてないが。

まあ、それでもいいや。

オレも先輩もこんなに満ち足りてるんだからさ。

「今日は凄かったな」

先輩はベッドに腰かけて、コーヒーをすすりながら、しみじみと言った。

「凄かったのは先輩のほうだよ。オレ、おかしくなっちゃうくらいに恥ずかしいことされてさ」

先輩はクスッと笑った。

「そこが凄かったんだ。どんなことを要求しても、由也が応えてくれるから、俺も興奮してしまって、まったくブレーキが利かない状態になっていた」

えっ、じゃあ、オレが拒否してれば、恥ずかしいポーズを取らされたりしなくても済んだんだろうか。

でも、オレのほうも興奮していたから、もうどこで拒否するかなんて判断つかなくなっていたんだ。理性がなくなっていたっていうのかな。

「今日みたいなハードなのは、もうしばらくいいよ」

「そうか？　俺はまたしたいと思ったが」

先輩のムッツリスケベ発言を、オレは軽く無視した。取り合ってしまったら、オレが負けてしまいそうだからだ。

どうせ、先輩がしたいって思えば、オレは先輩の言いなりになっちゃうんだけどさ。

エッチの主導権は、先輩のほうが握ってるわけだから。

「付き合えば付き合うほど、相手の違う面が見えてくるって、いいこともあれば悪いこともあるかもしれないね」

オレは先輩のスケベ度が上がっていくことに対しての嫌味を口にした。

「俺はもっと由也のことを知りたいし、全部見たい。何もかも俺に明かしてほしい。由也はそうじゃないのか？」

先輩はものすごく真面目な顔をして、そう言った。

オレはエッチなことを言ったんだけど、先輩が言ってることはそうじゃないのかな。だったら、オレも真面目に答えなきゃならないのかな。

オレはどっちのことを訊かれているのか判らなくて、先輩にそっと尋ねた。

「それって、エッチ以外のこと？　それとも、実はエッチなこと？」

先輩は目を丸くしてオレの顔を眺めた。

しまった。先輩はエッチのことなんか考えてなかったんだ。

オレの顔がサッと赤くなる。

先輩はオレのカップを取り上げ、自分のカップと一緒にベッドサイドのテーブルの上に置いた。

「あの、先輩、オレ……」

なんとかフォローしようとするオレの唇に、先輩は人差し指を立てた。
「答えてやろう。両方だ」
目の前で先輩は鮮やかに微笑んだ。
思いっきり反則だ……。
いや、先輩的にはそうじゃなくても、オレ的にはそうなんだ。
オレは先輩の笑顔一つで操られるマリオネットなんだから。
先輩はオレの顎に手をかけて、顔を近づけた。唇が触れる寸前に、先輩はオレに囁く。
「もう限界なら、はっきり言ってくれ。いつでもやめるから」
つまり、オレがやめてと言わない限りは、続けるということだ。
裕司先輩の卑怯《ひきょう》者！
オレはもうとっくに先輩の手に落ちているのに。
先輩の唇がゆっくりとオレの唇に重なっていく。
コーヒーはまた冷めてしまうことになりそうだった。

END

胸さわぎのホーリーナイト

十二月と言えば、クリスマス。

誰がそう決めたんだと文句を言いたくなるのは、俺――澤田《さわだ》一秀《かずひで》だった。

いや、今までだったら、別に文句なんか言ったことはなかった。それどころか、どっちかというと、俺はクリスマスが好きだった。

十一月頃から街がクリスマス商戦に乗り出して、その手のディスプレイだの、クリスマスソングだのが溢《あふ》れ出すと、やっぱりなんだかウキウキするものだ。

勉強一筋などと言われていた俺だって、日本中がちょっとしたお祭り騒ぎになるこの時季は、心が騒ぐ。それに、このお祭りは冬の寒さの中の一筋の光明《こうみょう》みたいに思えるんだよ。ちょっと大げさだけど。

冬って、十二月から二月までじゃないか。つまり、十二月はこれから来る寒さというのに耐《た》えなきゃいけないんだ。一月は寒さ真っ只中。二月はもうすぐ来る春をただ楽しみにしていればいいから、それほどつらくない。

早い話が、痩《や》せ気味《ぎみ》の俺は、冬の寒さがかなり苦手なんだな。そして、毎年、十二月の来たるべき寒さを癒《いや》してくれるのが、クリスマスという行事なわけだ。

だから、日本人はクリスマスの時季には思いっきり騒ぐべきだというのが、俺の持論だ。

去年までは、その持論でもって、俺は従兄弟《いとこ》の羽岡明良《はねおかあきら》と楽しいクリスマスを過ごしていた。いや、今はうちの母親と明良の父親が再婚しているから、従兄弟ではなくて義理の兄弟なんだが。

明良は小さいときにはやたらと病弱で、手がかかって仕方ない子供だった。だから、俺が手塩にかけて面倒を見てきたんだ。とにかく可愛《かわい》くて可愛くて、一生守ってやると勝手に思っていて、毎年のクリスマスも楽しく過ごしていた。

ところが、今年は違う。何故かというと、明良には藤島優《ふじしますぐる》という恋人ができたからだ。

そして……。

なんと俺にも、西尾冬貴《にしおふゆき》という恋人らしきものがいたりして。

で、どうしてクリスマスに文句を言いたいかというと、プレゼントに何をあげていいか判らないからだ。

もちろん、わざわざプレゼントなんて……と俺は思っていた。明良みたいな可愛い奴になら、贈る楽しみもあるし、明良が喜びそうなものならいくらでも思いつくことができた。

だけど、立派な大人の冬貴に、クリスマスプレゼントだなんて。しかも、俺は冬貴が喜びそうなものなんて、まったく見当もつかないよ。

そんなわけで、俺は冬貴にそんなものを贈る気は全然なかったんだ。なのに、冬貴の奴が、この間、俺に言ったんだよ。

『クリスマスのプレゼント、楽しみにしててほしいな』ってさ。

どうやら、冬貴は俺へのプレゼントをもう用意しているらしい。そして、イブの夜は絶対会うという約束までさせられてしまった。

この状況で、俺はプレゼントなんてやらないよ、って言えないじゃないか。

だけど、本当に冬貴に何を贈ったらいいんだろう。

二十三歳。独身。職業はモデルクラブのオーナー兼モデル。長身で長髪。しかも艶《つや》やかな金髪。顔は超美形。その笑顔は絶品で、見るものを魅《ひ》きつけてやまない。性格は多少思い込みが激しいところもあるけど、穏和《おんわ》で優しい。

そんな完璧に近い冬貴に一体どんな贈り物をしたらいいんだ。

さっぱり判らない……。

頭を抱えた挙句《あげく》に、俺は恥を忍んで、冬貴の弟である葉月《はづき》に、それとなく冬貴の好みを訊《き》く作戦を遂行することにした。


高校三年の俺はすでに生徒会を引退していたが、俺はかつて副会長で、葉月は会計だった。本人曰《いわ》く「天堂《てんどう》高校生徒会の天使」ということで、確かに容姿は可愛かった。それは葉月が苦手な俺も認めよう。しかし、性格はその反対に近かった。

はっきり言って、俺には鬼門なんだ。しかし、背に腹は変えられない。

隣のクラスに行って、俺は葉月を廊下に呼び出した。

「なんだ、一秀じゃないか。めずらしいな。僕になんの用？」

改めて、そう訊かれると、どう言っていいか判らなくなる。

「えー、いや、久しぶりだな」

「まあ、そうだね。で、なんの用？」

葉月は俺を急《せ》かす。俺が何か言いにくそうにしているから、わざとそう言うんだろうな。葉月は相変わらず俺には手厳しい。

かつて、明良を挟んで、俺と葉月は恋敵だったことがあるからな。結局、明良は藤島のものになってしまったから、俺と葉月の仲の悪さは、意味のないものなんだけど、なんとなく習慣というかね……。

とにかく、葉月が俺を揶揄《からか》ったりしなければ、俺だって、葉月がそれほど苦手じゃないと思うんだ。

ああ、なんだって、葉月は冬貴の弟なんだろう。というか、どうして葉月の兄なんかと俺は付き合ってるんだろうな。

「えー……その、冬…だよな」

「そうだよねえ。受験ももうすぐだし、一秀は予備校だったっけ？　うちは家庭教師がもううるさくって。冬休みのスケジュール、凄いんだよ」

「そ、そうか……。それでさ、冬…休みというと……」

「お正月だね。さすがに今年はハワイはやめにして、沖縄にでも行こうかと思うんだけど。そうだ、一度、西表島《いりおもてじま》に行って、イリオモテヤマネコを見てみたいなあ」

「いや、正月もいいけど、冬……っていえば……」

「スキーかな。スノーボードなんかいいよね。あ、一秀は運動神経鈍そうだし、無理か」

葉月は本人を前に失礼なことを言って、一人でハハハと笑った。

どうしたらいいんだろう。この葉月から、それとなく冬貴の好みを聞くなんて無茶な計画だったかな。もっとさり気なく話を進められればいいんだけど、元々、葉月とは波長が合わないしな。

「で？　冬貴の何を訊きたいわけ？」

葉月にいきなり斬《き》り込まれて、俺はビックリした。

「なんで判るんだよ？」

「君がそれ以外で僕に接触しようとは思わないだろうからね」

確かに。できることなら、当たらず触らず卒業したいものだ。

「いや、その、もうすぐクリスマスだし」

「ああ、プレゼントね。うーん、冬貴って、いろいろ恵まれてるからね。欲しいものはなんだって手に入れてる」

「そうか。やっぱり、そうだよな」

納得していると、葉月に笑われてしまう。

「だから、プレゼントなんて、何か品物でなくてもいいと思うよ。君が『はい、プレゼント』って言って、キスしてあげれば、それで単純に喜ぶに決まってるんだから」

まるで、いつもの二人きりのデートを盗み見たかのような発言だ。

冬貴はなんだか知らないけど、俺にメロメロみたいで、キス一つで、態度がコロッと変わるんだ。

「でも、それじゃ、いつもと代わり映《ば》えがしないし……」

「へぇ……。いつもそんなことしてるんだ、君が？」

しまった。

慌てて口を押さえたところで、もう遅い。葉月はニターッと俺の目の前で悪魔の笑みを見せた。

「君がねえ、冬貴の前ではそう変わるか。一度、見てみたいよね」

「い、今のは単なる冗談だっ。俺は…べ、別に……キス、なんてしないっ」

「顔が真っ赤だよ。いいねえ、恋人のいる人は。それで、冬貴は優しくしてくれる？」

葉月のニヤニヤ笑いにどうにも耐えられなくなって、俺はパッと背を向けた。

「もういい！　邪魔したな！」

自分の教室に戻る俺に向かって、葉月は言った。

「プレゼントはなんでもいいんだよ。君がいいと思ったものをあげれば、それで冬貴は喜ぶんだからね」

なんでもいいって言われてもね。悩むよ。

さんざん悩んだ後、イブの前日、俺はとりあえず街に出てみようと思った。玄関でバッタリ会った明良もどうやら藤島へのプレゼントを買いにいくらしく、二人で一緒に行くことにした。

「藤島に何を買うんだ？」

クリスマスソングの流れる街で、俺は明良に訊いてみた。

「いろいろ悩んでたんだけどね。思いつかないし、マフラーにしようかなって。カズちゃんは……冬貴さん…にあげるんだよね？」

とうとう明良にも、確認されてしまう。

いや、今まで冬貴を家に連れてきたことはあっても、恋人だなんて紹介したことはなかったんだ。知り合いとか、友達とか言って、本当のことが言えなくて、ずっとごまかしていた。

プライドみたいなものを守りたかったのかな。俺が冬貴とキスしたり、いろんなことするんだってことを、明良にはなるべくなら知られたくなかったし。それに、なんだか気恥ずかしかったんだ。

でも、もうそろそろ正直に話したほうがいいかもしれない。素直になってさ。

「うん……。でも、何を贈ったらいいか判らなくてさ。何がいいかな」

正直に話したことで、明良の顔はパッと明るくなった。

明良は明良なりに、俺がずっと隠していたことを薄々と気づきながらも、口に出して言わないことを気にしていたのかもしれない。

「カズちゃんもマフラーにしたら？　定番だし、その……もし気に入らなくても、そんなに邪魔にはならないよね？」

明良がそう言った裏には、藤島との何かがあるような気がしたが、俺は口出すのをやめにした。いや、何かあったのかって訊きそうになったけど。

それは藤島と明良の問題だ。俺もいい加減、明良離れをしなくちゃな。

「そうだな。気に入らなかったとしても、ずっと飾っておくようなものでも、スペース取るようなものでもないしな」

俺は明良のアイディアに賛成した。


結局、俺はモスグリーンのマフラーを購入した。

モスグリーンといっても、そんなに渋い色でもない。微妙な色合いで綺麗だと思う。それに、冬貴の金髪には似合うと思う。

だけど……。

買ってはみたものの、今イチ気が晴れない。

だって、所詮《しょせん》は安物だ。俺の小遣いでも買えるようなものを、モデルをしていて、服や小物に目が肥《こ》えているであろう冬貴に贈るなんて、図々《ずうずう》しすぎるんじゃないかと思って。

そんなことを考えても、もう買ったものは仕方ないんだ。それに、明良の言ったとおり、これは邪魔にはならない。贈った俺に義理立てするなら、俺と会うときだけ……しかも冬の寒いときだけ、それを我慢して身に着ければ済むわけだから、これでいいんだと思う。

さて、クリスマスイブの夜。

明良は昼間から出かけていたが、俺は夜になって、家を出た。洗面用具だのパジャマだの下着だのを持って。

実を言えば、冬貴の家に泊まるのは二度目だった。

夜遅くに帰ったことはあっても、冬貴は俺が高校生だからということで、泊まりはマズイと思っているらしい。まあ、一度目は成りゆきだったしね。うちはそんなに厳しい家庭でもなかったけど、確かに俺は受験生の身分だ。予備校なんかにも通ってるくせに、泊まりで遊びにいくなんて、とんでもないということだ。

しかし、クリスマスイブと言えば、恋人達にとっては大事な日だ。冬貴は前に家に遊びにきたときに、わざわざうちの両親に俺を泊めたいと直談判《じかだんぱん》してくれたんだ。

両親はもちろん俺達がそんな仲とは知らないけど、まるで気分は「お嬢さんをください」のノリだった。今も思い出す度《たび》、もう恥ずかしくて。

まあ、そんなわけで、晴れてお泊まりを許されて、俺はギリギリまで仕事のある冬貴と待ち合わせの約束をしている場所へと急いだ。

そこは冬貴の行きつけのフランス料理のレストランだった。

俺は何度か冬貴に連れてきてもらったことがあって、ここの店の人とも顔馴染《なじ》みになっていたから、少しは気が楽だったけど、そうでなければ、一人で冬貴を待っていたら、緊張してたまらなかっただろう。

いや、それほど堅苦しい店というわけじゃない。だが、なんだか判らない料理名だの、ワイン名だのが聞こえてくる店は、一介の高校生には不似合いだった。

このまま冬貴が現れなかったら……と、いつも待ち合わせしていて思う。

冬貴は仕事で忙しいし、そういうことだってあり得るわけだ。もちろん、その場合には、連絡をくれるだろうと思うが、俺の妄想の中では『ただいつまでも現れない冬貴』だ。

そんなことを考えてもなんにもならないし、いつだって、冬貴は少しくらい遅れても、にこやかに現れるけど、いつかは黙ってすっぽかされるような事態が来るんじゃないかと、つい思ってしまうんだ。

やっぱり、立場が違うって、つらいよな。

藤島と明良を見ていたら、同じ高校生だから、それほど考え方に違いがあるわけじゃない。だけど、俺と冬貴じゃ、住んでる世界からして違う。

華やかなモデルの世界と受験生。違いすぎるじゃないか。

共通点は、冬貴がうちの高校の出身者であることくらいかな。葉月という接点もありはするけど、それにしたって、そんなものは無視しようと思えばできるほど、小さなつながりだ。

周りはカップルばかりだ。みんな楽しそうで、だから余計にそんなふうに考えてしまうのかもしれない。

俺と冬貴の未来なんて……。

判らないからな。

「カズ、ごめんね。遅くなって」

うつむいていた顔を上げると、冬貴が俺の前にいた。

肩に流れる金髪が、テーブルの上に置いてあるキャンドルの光できらめいて見え、俺は思わずドキッとする。

見慣れた顔、見慣れた髪なのに、すごく綺麗に見えたんだ。

「待ったよ、すごく」

俺は笑みを浮かべて、そう言った。

そうして、俺と冬貴は食事を終え、そのまま冬貴のマンションへと向かった。

「シャンパンあるから。ああ、カズはアルコール抜きのね」

冬貴はマンションのドアを開き、俺に中に入るように促した。

だが、明かりはつけないんだ。不思議に思いつつも、玄関に足を踏み入れると、向こうのリビング辺りから光が見える。赤だの青だのがチカチカと。

「ツリー、飾ってるのか？」

この間までなかったから、最近になって置いたんだろう。

冬貴はドアを閉めると、暗闇の中、俺を後ろから抱きしめた。

冬貴の髪の毛が俺の頬をくすぐっている。と思ったら、いきなりキスをされた。

何も玄関でこんなことをしなくても、俺は泊まるから、丸一日、時間はあるのに。

そう思いながらも、冬貴がそんなふうに情熱的に接してくれることが嬉しかった。そうでなければ、俺はすぐ不安でいっぱいになってしまうから。

冬貴は俺に飽きるかもしれない。嫌いになってしまうかもしれない。どうでもよくなってしまうかもしれない。他に好きな人ができてしまうかもしれないって。

冬貴はこんなに派手で、人を魅きつけているから、冬貴の周りには、きっと魅力ある人間が集まるだろう。そして、そういう人達に比べれば、俺はみすぼらしいに違いないんだ。

冬貴に強く抱きしめられ、激しくキスをされて、それから優しい言葉をかけられて、やっと、俺はここにいてもいいんだなと思う。

しばらくキスしていて、俺がすっかり冬貴に身を任《まか》せたくなった頃、冬貴はやっと明かりをつけた。

「あ……」

何だか急に現実に引き戻されたような気がする。

「暗くしたままのほうがよかった？」

冬貴は笑いながら、そう言った。

「別にそうじゃないけど」

俺は少し火照《ほて》った顔を見られないように、ツリーが置いてあるリビングのほうに足を向けた。

明かりの点滅の範囲からして、大きいツリーだと思ったが、本当にそうだった。広いリビングだから映えるけど、一人暮らしのマンションには不釣り合いかもしれない。何しろ俺の背丈くらいはあるんだ。横幅だってそれなりだし、家族がいてもこんな大きなツリーを飾ってある日本人の家庭は、そんなにないと思う。

「これ、クリスマスが過ぎたら、どうするんだ？」

「業務用のを借りてきたんだ。カズとのイブのためにね」

どこから借りてきたか知らないが、わざわざそんなもののために……。いや、気持ちは嬉しいが、冬貴は時々、そんなふうに世間一般の常識からズレているときがあった。

そのツリーの前で、グラスにシャンパンをついで、小さなクリスマスケーキを切る。

なんだか恥ずかしいよ。いや、まるでママゴトでもしてるような気がして。

どうして、俺の恋人が冬貴なのかな。今更《いまさら》だけど、これが現実じゃなくて、俺の夢物語のような気がちょっとだけした。

乾杯をすると、冬貴がにっこり微笑む。

それを見ただけでクラクラ眩暈《めまい》がするようだった。何故かというと、冬貴の笑顔があまりに魅力的で、そのフェロモンにやられるみたいなんだ。

「カズ、これが僕のプレゼント」

冬貴に小さな細長い箱の包みを渡されたので、俺は渋々、自分の鞄に入れていたマフラーの包みを渡した。いや、渡さなくてならないことは判っていたが、こんなもの…と思うと、できれば、冬貴が包みを開けなければいいのにとまで思ってしまう。

「カズが僕にくれるんだ？　嬉しいなあ」

「ホントに大したもんじゃないぞ」

そう付け加えるのは、もちろん忘れない。

冬貴からもらったものを開けると、銀色のペンダントが出てきた。ヘッドが小さくて平たい長四角の銀だ。

「裏を見て」

そこをつまんでひっくり返すと、小さく何か彫ってある。

目を凝らして見ると、「F to K」と彫ってあった。

これじゃ、まるで結婚指輪じゃないか。

思いっきり赤面して冬貴を見ると、にっこりと微笑んでいる。

「受験のお守りにしてくれないかな？」

「あ……ありがとう」

嬉しいんだか恥ずかしいんだか判らない。たぶん両方だ。

「つけてあげよう」

冬貴はそれを手に取ると、長い指先で俺の首につけ、ついでのように軽く唇にキスをした。

「似合うよ、すごく」

冬貴は俺を見て、満足そうにもう一度キスをした。

幸せに酔ったように、頭の中がふわふわとしてくる。変だな。シャンパンはアルコール抜きのお子様用だったはずなのに。

「じゃあ、今度はカズのを開けるね」

冬貴はそれを開いて、マフラーを取り出した。

「マフラーか。嬉しいな」

「や、安物だけど……。気に入らなかったら、タンスの奥にでも仕舞ってくれよ」

さすがに捨ててくれとは言わなかったが、店で見たときはけっこう綺麗に見えたものが、今、ここで見ると、すごくつまらないものに見えてしまって、俺はついそう口走ってしまった。

「カズからもらったものをタンスの奥に仕舞うなんて、とんでもない。僕は本当にすごく嬉しいんだよ」

「でも……」

「カズが僕の首に巻いてくれないか？」

冬貴が俺のほうにマフラーを差し出し、にっこりと微笑む。

もしかして、さっきのお返し……じゃないけど、冬貴が俺にペンダントをつけ、俺が冬貴にマフラーを巻いてあげるわけか。

照れながら、冬貴の首にマフラーを巻いた。

「どうかな？」

不思議に、冬貴が身につけると、そのマフラーがすごく高級そうに見えた。もしかして、服と一緒で着こなしの問題なんだろうか。それに、色も冬貴の髪の色にすごく合ってるようだ。

「その……似合うよ」

俺はそう言って、ひたすら赤面した。

「じゃあ、キスしてくれないと」

それも、さっきのお返しの要求なんだろうか。俺は冬貴の唇にちょっとキスをした。

「ね、鏡を見てみようか」

冬貴に促されて、衣装部屋みたいになってる服ばかりの部屋へと向かう。

全身が映る鏡の中に、マフラーをつけた冬貴と、銀のペンダントをつけた俺が映る。

「僕達、すごくお似合いって感じだなあ」

どこを見て、そう思ったのか判らないが、冬貴は実に満足そうに言った。

「カズの選んだこの色、すごくいいよ。僕は好きだな」

本当かどうか判らないけど、冬貴はそう言ってくれた。

「俺も……俺も、これ、好きだよ」

結婚指輪みたいで照れるけど、身につけていると、冬貴と付き合うことに対して勇気が出てくるような気がするから。

「ありがとう……」

冬貴は俺の肩を抱き、ゆっくりとキスをした。


「あ……ぁっ」

俺はベッドで全部脱がされていた。

いや、たった一つ身につけてるものがある。それが俺の首で銀色に光ってるものだった。

冬貴は俺の足を大きく広げ、その間の勃《た》ち上がってるものを丹念にキスしている。いつも丹念なんだが、今日はいつもに増して、凄い。

俺がイキそうになると、他のところにキスをして、身体の熱をどんどん上げていくんだ。だから、さっきから、俺は欲求不満だった。

しかし、それと同時に、イケない苦しさみたいなものが毒のように全身に回って、苦しいんだか、気持ちいいんだか、判らなくなってくる。

ひたすらシーツを掴んだまま、俺は懸命にそのわけの判らない感覚に耐えていた。

さっきから、俺の口から出てくる声は、すすり泣いているような喘《あえ》ぎ声ばかりだ。唇を引き結ぼうとしても、どうしてもダメだった。

指だって、身体の中に入ってるし。

「あっ……ぁ……冬貴っ」

早く俺をどうにかしてほしい。

このままじゃ、苦しすぎて気を失ってしまいそうだ。

身体が痙攣《けいれん》するみたいに震えてる。

もう、本当に限界だって……。

冬貴は俺のそれを口で包むと、一気に追い上げた。

ようやく一息ついた俺だったが、それでもちろん終わりじゃない。というか、俺もさんざん焦《じ》らされた後で、まだ物足りなかった。

「今度は俺がするから……」

そう言ったものの、実はそれがあまり得意ではない俺だった。

口でするのが嫌なわけじゃなかったけど、冬貴は俺にされるより、俺にするほうが好きらしいんだ。だから、必然的に経験値が低いわけだ。

反対に冬貴をベッドに寝せて、俺がそこに顔を伏せる。

一生懸命に唇や舌で愛撫《あいぶ》するけど、今イチ、冬貴は俺みたいに喘いだりはしてくれない。いつか、そういうのも聞いてみたいと思うけど、気持ちよさそうに吐息を洩《も》らしたり……くらいなんだ。

もっと感じてほしいのに。

でも、それは俺の口の中ですごく大きくなっていたから、冬貴も確かに感じていると思う。

「カズ……君の中に入りたいよ」

そう声をかけられて、顔を上げる。

「僕の上に乗って」

ということは、俺が自分で入れることになる。実はこれもあまり得意じゃなかった。

でも、冬貴のリクエストだったから、おずおずと冬貴の上に腰を下ろしていく。

「あ……っ」

この場合も声を出すのは、俺のほうだ。なんだか不公平だと思わないでもなかったが、どうしても出てしまうものは仕方ない。

気持ちよすぎるんだ。

やがて冬貴のものが完全に俺の中に納まった。

「気持ちいいよ、カズ。幸せだ」

そう言われると、もっと気持ちよくしてあげたくなるもので、俺は自分で腰を揺らした。

「あ……あっ……」

中のものが擦《こす》れていく感覚に、また声が出る。それと同時に前のほうも勃ってくるから、自分でそこに触れた。

なんだか恥ずかしい……。

だが、その恥ずかしさも、快感に変化していくような気がしてきた。

俺、おかしいかな。

あまりの気持ちよさにもう腰が動かせなくなる。動かしたら気持ちよすぎる状態になってしまうからだ。

冬貴は俺の様子を見て、クスッと笑う。

「交代しよう」

冬貴は俺を自分にしがみつかせると、くるっとそのまま横に反転する。って、これはこの大きなベッドでしかできないワザだな。

たちまち、俺はシーツに押しつけられ、冬貴に見下ろされることになった。

「好きだよ、カズ」

いきなりエッチの最中に言うなよ。余計《よけい》に恥ずかしくなるじゃないか。

俺が照れる顔を見て、冬貴は少し笑った。

そして、俺の足を抱え上げるようにして、いよいよ本番に臨《のぞ》んだ。

夜中、目が覚めた。

しっかり抱き合って寝たはずなのに、気がつくと、俺は冬貴とは反対方向を向いて寝ていた。慌てて、冬貴の方向を向くと、目が合った。

「まだ起きてたのか？」

ビックリして尋ねると、冬貴は静かに笑った。

「嬉しくて寝られないんだよ。寝てしまったら、今までのことが全部夢だったたってことになるんじゃないかと思って」

「えっ、冬貴もそんなことを考えたりするんだ？」

それは意外だ。冬貴は欲しいものをすべて手にして、なんでも願いがかなうように見えるのに。

「考えるよ。君が好きでたまらないから、時々、わけもなく不安になる」

それは俺のほうだけだと思っていたのに。

「待ち合わせしてるとね。いつも君を待たせてるだろう？　いつか怒って帰ってしまうんじゃないかって思うよ」

「俺なんか……。いつも冬貴が現れないんじゃないかって思うのに」

冬貴は俺をぎゅっと抱きしめた。

「そんなことない。僕はね、君が考えているより、ずっと君のことが好きなんだよ」

「だって……。俺なんかって思うから。どこがそんなに冬貴の気に入るのか、俺には判らないし」

痩せ気味の身体にそこそこの顔立ち。冴《さ》えない眼鏡だってかけている。頭はいいって言われるけど、それは高校レベルの話だ。しかも性格がいいとは決して言えない。

「カズの顔が好き。身体ももちろんね。だけど、それ以上に、いつも何か抑《おさ》えたところのある君の性質そのものが好きだ。可愛らしくてたまらないよ」

冬貴はそう言うと、俺の額や頬に何度もキスをした。

「ねえ、カズ。本当に信じてほしいんだ」

「何を？」

「僕がすごく君のことを好きだってこと」

冬貴は俺の首にぶら下がってるペンダントヘッドを指でいじった。

「F to K……早い話が、カズは僕のものだって主張したいんだ」

まさか、このペンダントにそこまで深い意味があったとは。単なる冬貴の冗談……とまでは思わなかったが、いつもの軽いノリなんだなって思ったのに。

マジで結婚指輪みたいなものだったのか。

「もちろん、そんなものでカズを拘束《こうそく》できるわけはないよね。判ってるけど、いつもそれがカズの胸にあったら、ちょっとは安心できるかなと思うんだ。魔除《まよ》けみたいな……誰もカズに声をかけないように」

俺はちょっと呆《あき》れてしまった。

「あのさ。俺が誰に声をかけられるって言うんだよ？　俺をデートに誘うのは、物好きな冬貴くらいなのに」

「そうかな。僕がこんなに君のことを好きなんだから、僕以外の誰かだって、きっと君を好きになるに違いない」

そんなことは滅多《めった》にないと、俺は自分で断言できるのだが、冬貴はそう思い込んでいるらしい。

「もし声をかけられても、誰にもついていかないから安心しろよ」

「ホントだね？」

冬貴は嬉しそうに笑った。

うーん、複雑。というか、不思議だ。

まあ、いいか。少なくとも、そんなことを言うようなら、とりあえずは俺も待ち合わせにすっぽかされる心配はしないでいいだろうし。

本当に不安なのは、こっちのほうなんだよ。って声を大にして言いたい。

「ああ、嬉しすぎて、眠れないよ」

本気かどうか判らないが、冬貴はそう囁《ささや》いた。

そして、俺を抱きしめると、背中を撫《な》でる。

何だか……手の動きが、その、なんだかアブない感じなんだけど。

「冬貴、もう寝たほうがいいんじゃ……」

「でもね、今日はせっかくカズのお泊まりの日なんだし、夜は長いし、もっと楽しみたいな」

早い話が、もう一回ってことなんだろうか。

しかし……。

一回で済むんだろうか。もう二、三回だったら、身体がもたない。いや、冬貴だって、身体がもたないよな。

でも、その一回がものすごく長かったらどうしよう。

冬貴はすでにその気だよ。息遣《づか》いもそんな感じだし、何か硬いのが俺の腹に当たってるし。

「カズ……好きだよ」

そう囁くと、キスをしてくる。

ああ……。眩暈がする。

冬貴の本気のキスには、俺はものすごく弱かった。

俺のイブはまだまだ終わらない……らしかった。

END

■あとがき■

こんにちは。オヴィスノベルズでは、すっかりお久しぶりの水島忍《みずしましのぶ》です。

大変長らくお待たせしました。胸さわぎシリーズ第六弾『胸《むな》さわぎのマリオネット』です。皆様、いかがでしたでしょうか。

今回は、いきなり記憶喪失《そうしつ》ものという同人誌テイストな話ですみません。ノベルズで書くかどうか迷ったんですが、ラビリンスでさんざん由也《ゆうや》を苦しめた鷹野《たかの》に、ちょっと苦しんでもらおうかなあと思いまして。でも、結果的には、やっぱり由也のほうが苦しんでましたね。鷹野って、鈍感だから。

元ネタは確か明神《みょうじん》さんの夢でした。何でも鷹野がバイクで事故った夢を見られたとか。それを聞いて、私が勝手にイメージをふくらませて作った話なのですが、本当に由也がどうしてここまで苦しい思いをしなくちゃいけないのかって、可哀想《かわいそう》になってきますよね。

いつも、考えすぎだよ、もっと楽になりなよーと思ったりするけど、とことんまで考えてしまうのが由也のいいところなんでしょう。健気《けなげ》だし、可愛《かわい》いし。

でも、今回、由也が鷹野をこんなに好きなんだって気持ちが、記憶を失ったことによって、よく判ったって気がします。記憶がないのに、再び同じ相手に恋していくところが、何かもう新鮮《しんせん》で。

読み返すと、由也の切ない気持ちと恋心が自分自身にシンクロしていって……って、自分でこんな解説めいたこと（？）を書いてもいいのかな。実は、このあとがきを書くために私も、久しぶりに原稿を読み返したので、自分で書いたものなのにけっこう楽しめたのです。

由也は、以前、胸さわぎシリーズのキャラで人気投票したときにナンバーワンの座についてますが、今もホームページでやってるキャラ投票では、ダントツの一位です。ちなみに二位はカズ。あの地味《じみ》で目立たない脇キャラだったカズが二位なんて…って、感激しちゃいますよね（笑）。

前回のナビシートは皆さんにずいぶん気に入っていただいたみたいで、カズ攻《せめ》派の人も、けっこう納得《なっとく》してもらえたようです。実のところ、最初は攻キャラで出てきたので、受キャラにしちゃって、大丈夫かなあと思ったんですが、心配無用でした。冬貴《ふゆき》とカズは人気のあるカップルで、私が今まで書いた作品の中では異色カップルって感じだし、ナビシートだけのファンという方もいらっしゃるようです。……いや、それはそれで、ちょっと複雑ですが～。何にしても、皆さんに喜んでいただけると、私も嬉しいです。

今回、収録されてます『胸さわぎのホーリーナイト』は、以前、同人誌で書いたものです。冬貴とカズのカップルは、皆さんに人気があると同時に、私もすごく好きなカップルなんですよ。カズの頑《かたく》なな心が冬貴の優しい大人の気遣いで解《と》けていくところが、何度書いても飽《あ》きないです。

さて、今回の元ネタをくださった（笑）明神翼《つばさ》さま。相変わらずの美しーいイラストで、私はもうクラクラです～。鷹野も由也も幸せでいてねって感じで。いろいろお忙しいとは思いますが、こういう満足のいくイラストをつけてもらえると、すごく幸せなのです。本当に、どうもありがとうございました。

そして、担当のE田さま。いつも、のらりくらりと〆切を勝手に延ばしてごめんなさい（このあとがきも…）。今年こそは迷惑を（なるべく）かけないように頑張りたいと思いますので、よろしくお願いします。

ところで、第六弾を迎えた胸さわぎシリーズですが、ここでいいお知らせを。

今年春頃に『胸さわぎがとまらない』のドラマCDが発売されるそうです。

てなわけで、もし声優さんリクエストがありましたら、編集部気付水島宛にお手紙か、メールでお願いします。メールアドレスはshinobu-m@mua.biglobe.ne.jpです〜。あ、できればこの本の感想なんかも添《そ》えてくださると嬉しいです。あと、ドラマCD化についての熱い思いをぶつけてくださーい(笑)。

『胸さわぎがとまらない』は、今から四年前に出た本で、私の三冊目の本でした。今思えば、仕事として本を一冊書き上げることに慣《な》れてなかったもので、キャラもエピソードもてんこもり。ただ情熱だけが先走っていた本なので、これがどうドラマとして再現されるのか、楽しみです。

そして、胸さわぎシリーズ第七弾のお知らせ。といっても、いつ出るのかは、オヴィスノベルズの帯を見てくださいとしか、今は言えないのですが。

実は、次の七冊目でシリーズ最終巻となります。

どういう話になるのかは、発売されてからのお楽しみってことで。

最終巻と言い切るのは、四年も続けただけに淋《さび》しいのですが、もうそろそろ終わりでもいいんじゃないって気もします。

でも、まだあと一冊あるので、最後までよろしくお付き合いください。あ、もちろん、CDのほうも、発売されたらぜひ聴いてくださいねー。

それでは、次の七冊目で会いましょう。皆様、ごきげんよう。

二〇〇二年一月某日　水島　忍

■初出一覧■

胸さわぎのマリオネット／書き下ろし
胸さわぎのホーリーナイト／書き下ろし

水島 忍先生、明神 翼先生にお便りを
〒101－0061東京都千代田区三崎町3－6－5原島本店ビル2F
コミックハウス　第5編集部気付
水島 忍先生　明神 翼先生
編集部へのご意見・ご希望もお待ちしております。

著　者――――水島 忍
発行人――――野田正修
発行所――――株式会社茜新社
〒101-0061　東京都千代田区三崎町3－6－5
原島本店ビル1F
編集　03(3230)1641　販売　03(3222)1977
FAX　03(3222)1985　振替　00170-1-39368
http://www.ehmt.net/ovis/
DTP――――株式会社公栄社
印刷・製本――――図書印刷株式会社

Printed in Japan

せつない恋を窓に映して

堀川むつみ

尚之は上司の緒方と身体の関係があるためか、開発部に異動を希望しても許可が下りない。そんな時人事部で、家庭教師をしていた頃の教え子・正人に再会する。恋愛かどうかもわからず関係を続けてきた緒方と、かつて自分の身体を奪った正人の間で尚之は…。

イラスト・高久尚子

君と極限状態

長江　堤

茅原由也はうっかり入った「やかんどう」なるサークルの怪しさに挫けそうな日々。かばってくれる盛田啓介がいるからなんとか続けてこれたが、夏合宿でいったハイキング山で二人は遭難してしまった！　度々極限状態に追い込まれる二人のラブコメディー。

イラスト・西村しゅうこ

悪魔の誘惑、天使の拘束

七篠真名

法学部一年生の岡野琢磨は、金に困っていた。放蕩親父がつくる借金で首が回らないのだ。そんなとき、ジャガーに乗った派手な男が、月給五十万のバイトをもちかけてきた。うまい話には裏があるとは思うけれど、ほかに選択肢のない琢磨はその誘いにのって—？

イラスト・天野かおる

キスに灼かれるっ

青柳うさぎ

クールなかっこよさで女性徒の人気者の沙谷は、祖父のために女装しているときに、クラスで犬猿の仲の霧島とはちあわせしてしまった。さらに、沙谷を女と間違えた霧島に告白までされてしまう。以来、霧島の沙谷への態度に微妙な変化があらわれて…？

イラスト・高橋直純

兄ちゃんにはナイショ!　結城一美

東陽学園テニス部のエース・薫をめぐって、弟・貢と親友・克久はライバル同士。二人はお互いを薫の身代わりとして身体の関係を持つようになってしまった。だが、貢は次第に克久自身にひかれていく自分に気づき、身代わりで抱かれることに耐えられなくなって…。

イラスト・阿川好子

だからこの手を離さない　猫島瞳子

バーでのバイト最終日に、しつこい客に拉致されそうになった智仁は、ナンパな客・高取春彦に助けられる。恩義を感じた智仁は言われるままホテルで一夜を共にする。翌朝、新社会人として入社式に臨んだ智仁は壇上で挨拶する社長を見て愕然！　なんと春彦だった！

イラスト・如月弘鷹

ミダラナボクラ　姫野百合

翌巒高校の同級生、村瀬信一と湯川渚は腐れ縁の幼なじみ。しかも3年前からセックスフレンドというオマケまでついている。信一は本物の恋人同士になりたいが、渚の真意がつかめない。そんな時、渚の態度が急によそよそしくなって、生徒会副会長との恋の噂が…。

イラスト・かんべあきら

愛してるの続き　大槻はぢめ

新米教師・神山茂は担任するクラスの生徒で、生徒会長の江藤総一郎に無理やりキスされてしまった！　全校生徒を魅了するその微笑みにおびえて過ごす茂の前に、母親が連れて来た再婚相手の息子はなんとその総一郎！　はぢめのスーパーきちく学園ラブコメディ♥

イラスト・起家一子

やっぱりキライ!

猫島瞳子　イラスト・西村しゅうこ

ホモと関東人が大キライな佐伯貴弘は、ホモで関東人の浜野和志につきまとわれていた。さらに幼なじみで親友の赤坂孝史にまで告白され、押し倒されてしまった。涙ながらに逃げ出すと、家の前に和志が待ち伏せている!? 貴弘の絶叫再び!!

胸さわぎのナビシート

水島　忍　イラスト・明神　翼

従兄弟の明良に振られた澤田一秀は、不注意から冬貴の車と接触しかけ、以後なにかと強引な冬貴に車で連れまわされる羽目になった。派手な外見で口説き文句を連発する冬貴に反発しつつもペースに乗せられてしまう一秀は…？

恋する才能

堀川むつみ　イラスト・猿山貴志

プロのマンガ家をめざす相模由紀夫のもとに、採用の連絡が入った。やり手と噂の副編集長、芦田に由紀夫はひとめ惚れしてしまう。こっそり想っているだけなら迷惑にならないだろうと思いつつも、仕事上のリードのうまさに想いはつのるばかりで…。

過激なマイダーリン♡

日向唯稀　イラスト・香住真由

ついに〝3日間だけの恋人〟から〝一生ものの恋人〟になった朝倉菜月と早乙女英二。しかし、思わぬところで大きな障害が…。大きな反響をよんだ「危険なマイダーリン♡」がシリーズになって再登場！

Ovis NOVELS BACK NUMBER

共犯恋人関係

なかはら茉梨　イラスト・やまねあやの

華麗なる洛栄学園の生徒会長の司堂から次期生徒会長に見込まれてしまった祥樹。執拗な勧誘に祥樹はキレ、同じく勧誘されている柊人と生徒会転覆を決意した。司堂が柊人に惚れているのを見抜いた祥樹は、柊人と恋人関係を偽装するのだが…!?

僕らの恋は何かたりない

大槻はぢめ　イラスト・起家一子

旅行代理店に勤める孝之の恋人は、三つ年上で写真家の圭吾。久しぶりにデートができると楽しみにしてたのに、キャンセルされて大ゲンカしてしまった。そんな中、急な仕事で香港に向かった孝之が出会ったのは心中した恋人を捜す香港のアイドルで、今は幽霊のレンだった!?

CALL ME QUEEN

高円寺葵子　イラスト・阿川好子

学院のプリンスで、常に自分が中心にいないと気がすまない那雪の人気をおびやかす転校生の理知は、転入試験が満点だっただけでなくテニスの勝負にワザと勝たなかったり、ころんだ那雪を抱えて保健室まで運んでくれたり…。以来那雪は理知のことが気になりだして!?

キケンな彼との恋事情

水島　忍　イラスト・七瀬かい

危ういところを助けてくれた二階堂に惚れこみ、自らパシリになると言ってしまった智。パシリというよりもペットのように可愛がられ、身体まで捧げてしまったあとになって二階堂が二重人格であるという噂を聞かされた。信じない智は二階堂に直接聞いてしまい…!?

やさしく愛して

姫野百合　イラスト・ほたか乱

ナンパ代行業をしている陽をナンパしたのは、元ヤクザの倉橋観光の社長で、陽が慕っている老夫婦の土地を狙っている男だった。陽はその社長、倉橋龍昇にどなりこむが、「お前が一晩俺のものになるなら土地はあきらめてやる」という条件をだされて？

ワガママ王子にご用心！

川桃わん　イラスト・藤井咲耶

アラブの若き王子マハティール殿下が主賓のパーティーを逃げだそうとした倉橋智也は、あっさり殿下に捕らえられた。幼い頃に殿下の遊び相手を仰せつかっていらい、智也はいじめっ子のマハティールが苦手なのだ。だが、罰にベッドのお相手をさせられてしまい……!?

極楽まで待てない

竹内照菜　イラスト・桜城やや

筋金入りのお坊っちゃまの田中は、輝かしい栄光を手に入れたエリート医師。しかし勤務先の佐野総合病院の御曹司でマニアな佐野に手籠めにされ、身体の左右対称を褒められて、それを保つために自分の身体を弄ることも禁じられてしまった。そんな田中にある兆候が…。

悪魔の策略、天使の憂鬱

七篠真名　イラスト・天野かおる

やさしい春彦とキチクな冬彦が同一人物とわかった琢磨は、大好きな2人とのトライアングル生活を始める。そんなとき、実家の母が訪ねてくるという連絡が。「大切な息子さんに手を出してしまった」ことをうしろめたく感じているらしい春彦に、琢磨と冬彦は——!?

Eから恋をはじめよう

堀川むつみ

イラスト・ほたか乱

俊也はパソコン部部室で、一学年上の直樹と出会う。なぜか彼が気になった俊也だが、ある日、学校の屋上で直樹とはちあわせ、唇を奪われてしまった。そんなとき、ネット上で有名な天才プログラマー彩とメール交換が始まる。胸がせつなく痛むピュア・ラブストーリー。

嘘を見つけて

火崎 勇

イラスト・西村しゅうこ

小沢は彼女でもない女にフラレている現場をよりによって会社の同僚・館山に目撃されてしまう。館山は女・男癖が悪いと悪評が絶えない男だ。性格も不躾で、デスクが隣の小沢をからかってくる。ある日、会社の飲み会のあと館山にムリやりHなことをされた小沢は…？

おまえにホールドアップ！

結城一美

イラスト・暮越咲耶

バイト中コンビニ強盗に遭った雛元純は客の紺野篤朗に助けられた。ショックで震えのとまらない純を家まで送った篤朗はずうずうしくも家にあがりこみ、助けたお礼を純の身体で払わせたことから、純の受難の日々が始まった!!

ねこっかわいがりして♡

猫島瞳子

イラスト・島崎刻也

スーパー美少年の俺・佳秋は、叔父さんの哲也が大好き。哲也もメチャメチャ俺をかわいがってくれるんやけど、哲也が飼ってる猫のアンフィは、いっつも首輪の鈴の音としっぽで哲也を悩殺しとる。それが悔しくて俺は、首輪としっぽが欲しいと思ってるねんけど——!?

浮気すんなよ!?

近藤あきら　イラスト・日輪早夜

遅刻常習犯の央は、教師からバツ当番として飼育小屋の清掃をいいわたされるが、同じくバツ当番をおこなうパートナーが、入学当時からずっと憧れつづけてきた上級生、高柳と知り有頂天になる。だが、校内でも有名人の高柳が口説いていたのは央だけではなく…？

この愛、淡麗辛口

長江　堤　イラスト・杜山まこ

父の跡を継いで鷹上酒造の蔵元になった芳は経営難を窮める蔵のため、土地を狙う太田垣から無担保で融資を受けることを条件に、太田垣の所有物になってしまう。芳と兄弟のように育ち、今は蔵で働く尚仁を想う芳だが、太田垣の申し出を受けざるをえないが――!?

野蛮なマイダーリン♡

日向唯稀　イラスト・香住真由

ほんの2ヵ月前、通りすがりの英二に『3日間だけの恋人』をお願いした菜月だったが、いまや二人は甘い甘い新婚さん状態に。そんななか、突然英二の兄の皇一がやってきて…。菜月、いよいよ早乙女ファミリーとご対面か!? 大人気マイダーリン♡シリーズ第3弾!!

僕たちのスウィート・ホーム

堀川むつみ　イラスト・島崎刻也

父の仕事の都合から、ド田舎の全寮制男子校に編入した和希は、校内でも有名な放蕩児・楯岡と同室になったことで注目をあびる。楯岡は噂どおりタラシで、和希はむしろ、楯岡の友人で落ちついた雰囲気の寮長・城戸に好感をもつのだが――？

先生たちのイケない関係

内田阿樹

イラスト・三島一彦

小学校の先生の九条真希は、大学時代の同級生の篠崎貴也に相談を持ちかけた。生徒たちにつきまとわれて無事に学校から帰れないのだ。泣きながら助けてと訴えると貴也は文句を言いながらもちゃんときてくれたが、急に現れた貴也に生徒たちは不審そうで⁉

恋は大迷惑

水戸　泉

イラスト・高橋直純

元ヤンで一応高校生の俊は、キチクな天才小学生・清一郎からはた迷惑な愛情を注がれ、いまではすっかり彼の『奴隷』と化している。そんなある日、母親が当てた商店街の福引きのグアム旅行に清一郎と行くハメに！　年の差カップル・小学生攻めの元祖ラブコメディ‼

純情で多情な関係

大槻はぢめ

イラスト・すがはら竜

高校の時に告白して見事に振ってくれた先輩の秋久が、新入社員である克樹の教育係として、現れた。歓迎会で泥酔してしまった克樹は翌日、秋久とラブホのベッドで裸になっていて…。その夜の記憶もないまま、何ごともなかったかのように振る舞う秋久に克樹は——？

縛られたくなる恋の罠

せんとうしずく

イラスト・滝りんが

小さな下宿『きさらぎ荘』の一人息子、郁太は下宿人のみんなにかわいがられている高校生だ。この春、下宿人の蒼さんの後輩、剣が新しい下宿人としてやってきた。でも剣はとんでもない猫かぶりで、郁太の弱みにつけこんで関係を強要してくるようなヤツだった⁉

フィッティングも恋も僕のもの　猫島瞳子

下着メーカーの跡継ぎの聡志は偽名でバイトすることに。ただでさえ嫌々なのに、上司の北川チーフデザイナーの悪口を本人に聞かれてしまい、以来名前も呼んでもらえない毎日。聡志は北川のことをホモと疑っていたが、なんとただの曲線フェチのレースマニアだった⁉

イラスト・藤井咲耶

決戦は社員旅行!!　川桃わん

入社四ヵ月のドジでのろまな行人は、いつもしっかり者の同僚、尚輝に過保護なほど面倒をみられている。そんなある日、会社の飲み会でしこたま飲んだ行人は、前後不覚のまま尚輝と関係をもたらされてしまった!!　川桃リーマンワールドのベストコレクション。

イラスト・九月うー

世界で一番かわいいペット　由比まき

学園の帝王、だけど退屈な鷹久は、最近面白いものをゲットした。それは従順で人目をひいて鷹久を飽きさせない、ワケあり転校生の歩。世間知らずで、盲信的に鷹久を尊敬している歩をいろいろな場所に連れ回して、主に裏の社会勉強をさせていた鷹久だったが……?

イラスト・すがはら竜

彼と愛のトレーニング　小林　蒼

マラソン選手の名岡に憧れ、由輝は高校卒業後実業団入りした。そんなとき、偶然ジャグジーで名岡と、彼のランパートナーの壱嘉とはちあわせ、名岡は壱嘉にいじめられる由輝を助けてくれる。その後ロッカールームで名岡に誘われるままHしてしまうのだが――?

イラスト・佐々成美

Ovis NOVELS BACK NUMBER

俺がいなきゃダメだろ？

谷崎 泉

イラスト・神鏡 智

のんきでだるい高校生活を満喫するキクの前に新米教師が立ちふさがった⁉ 新入生にも見えるその先生・ナオちゃんのカレーうどんをいたずらで食べたことでますます目をつけられてしまう。だが熱血教師かに見えたその実態はトロくてどんくさい子犬のようなヒトで…。

森宮♡純情ハイスクール

らんどう涼

イラスト・三島一彦

好きだったひーちゃんに会えるのを楽しみに天音は昔住んでいた町へ戻ってきたがひーちゃんには会えず、転校先の森宮学園では初対面の志賀には嫌味を言われ、上級生には襲われかけ、今度は天音が不良たちの集まりという裏生徒会のリーダーの恋人だという噂が流れ？

恋はハチミツ味♡

小笠原あやの

イラスト・松本テマリ

家出した高校生の市加は、憧れの少女小説家・椎名ユウの書生になりたくて家に押しかけたが、対応してくれたのは強面の男で、「住み込みで働かせてください！」と頼む市加に嫌味ばかり。そのあげく、椎名ユウのかわりにサイン会に出ろと言い出して——⁉

不埒なマイダーリン♡

日向唯稀

イラスト・香住真由

菜月はケダモノなダーリン・英二と熱愛中♡ もとは浮気した恋人へあてつけるつもりで、恋人のふりを英二に頼んだのだがふたりはいまや〝一生ものの恋人〟なのだ。ところがそこに突然嵐のように強力な恋敵が現れて⁉ ますます目が離せないマイダーリン♡シリーズ!!

ひみつをあげる♥

姫野百合　イラスト・かんべあきら

小さいころから優等生だった能勢永は、恋愛ごとに興味がなく、あるのはテストで一番をとること。だが、中間テストで一番をとったものの満点ではなく、ショックで具合が悪くなったところを通りがかった生徒会副会長の斯波先輩にムリヤリ保健室に連れて行かれて…。

それでもキライ!

猫島瞳子　イラスト・西村しゅうこ

関西人の佐伯貴弘は、ホモな関東人の浜野和志と同僚になってしまった。さらに取引先の研究室に和志の友人のカインが来日。そんな時、貴弘は近隣の住人からホモ疑惑をかけられ部屋を飛び出すハメに。しかし、押しかけた和志のマンションにはカインが同居していて!?

あぶない指先

結城一美　イラスト・織田涼歌

先輩にエステティックサロンに連れてこられた暁は、窮地に陥ったところをチーフアドバイザーの信也に助けられ心酔する。信也に会いたくて暁はエステに通いはじめ、信也の指先に感じてしまう。仕事に私情は挟まない主義の信也も、暁の一途な想いにひかれはじめ——。

辛口シュークリーム

由比まき　イラスト・影木栄貴

偏屈だったばあちゃんの遺言のおかげで、高史は作ったこともないシュークリーム作りで勝負をするハメに！　不器用な高史のために講師として、焼き菓子コンテストで輝かしい経歴を持つ男・淡島がよばれる。しかし失敗ばかりの高史にとんでもなくHなおしおきを…？